QUAND J'ÉTAIS

JOURNALISTE

OUVRAGES FRANÇAIS DU MÊME AUTEUR

Journal d'un Missionnaire au Texas et au Mexique. 1 vol. in-8°, avec carte. — Paris, Gaume, 4, rue Cassette.

Manuscrit pictographique américain, précédé d'une notice sur l'idéographie des Peaux-Rouges, publié sous les auspices du ministère d'État et de la maison de l'empereur. 1 vol. in-8°. — Paris, Gide.

Voyage dans le Minnesota. 1 vol. in-12. — Paris, Sarlit, rue Saint-Sulpice.

Histoire du Jansénisme, d'après un manuscrit du P. Réné Rapin. 1 vol. in-8°. — Paris, Gaume.

La Vérité sur le livre des sauvages. 1 vol. in-8° avec 10 planches. — Paris, Dentu.

Voyage pittoresque dans les grands déserts du nouveau monde. 1 vol. in-4° avec 40 planches. — Paris, Morizot.

L'Empire au Mexique et la candidature d'un prince Bonaparte au trône du Mexique. 1 vol. in-8°. — Paris, Dentu.

Légendes irlandaises, souvenirs d'un Touriste. 1re série de Voyages et Aventures en Irlande. 1 vol. in-12. — Paris, Maillet.

Voyages et Aventures en Irlande (2e série). 1 vol. in-12. — Paris, Hetzel.

La Chaussée des Géants. Dernière série des Voyages et Aventures en Irlande. 1 vol. in-12. — Paris, Hetzel.

Notes anthropologiques, géographiques et géodésiques sur les hauts plateaux mexicains. Brochure in-8° avec une carte.

Le Mexique tel qu'il est. *La vérité sur son climat, ses habitants et son gouvernement.* 1 vol. in-12. — Paris, Dentu, galerie d'Orléans, Palais-Royal.

Bergers et Bandits. *Souvenirs d'un voyage en Sardaigne.* 1 vol. in-12. — Paris, Dentu, galerie d'Orléans, Palais-Royal.

Histoire du Mexique, depuis les temps les plus reculés jusqu'à la mort de Maximilien Ier. (Seule histoire du Mexique complète.) 3 vol. in-8°. *La même, sans l'histoire ancienne,* 2 vol. in-12. — Paris. Lacroix, boulevard Montmartre.

Le Chemin des Femmes. 1 vol. in-12. — Paris, Maillet, rue Tronchet.

IMPRIMERIE L. TOINON ET Cᵉ, A SAINT-GERMAIN

QUAND J'ÉTAIS

JOURNALISTE

REVUE DROLATIQUE DE LA PRESSE

PAR

MMANUEL DOMENECH

PARIS

E. DENTU, LIBRAIRE-EDITEUR

PALAIS-ROYAL, 17 ET 19, GALERIE D'ORLÉANS

—

1869

A M. LE COMTE SUSINI DE MONTENUOVO

Chevalier grand-croix de l'ordre royal civil de la Bienfaisance
Commandeur de l'ordre royal de Charles III
Commandeur de l'ordre royal d'Isabelle la Catholique
Chevalier de première classe de l'ordre royal de François Ier des Deux-Siciles
Commandeur de l'ordre du Saint-Sépulcre
Chevalier de l'ordre impérial de Notre-Dame de Guadalupe
Commandeur de l'ordre militaire du Christ de Portugal
Chevalier de l'ordre royal militaire de la Tour et de l'Épée de Portugal
Chevalier de l'ordre royal des Saints Maurice et Lazare, etc.

MON CHER COMTE,

En souvenir d'une longue communauté de sentiments et d'épreuves partagées, j'avais inscrit en
tête de ce livre le nom de mon frère Gabriel. Mais
au moment de livrer mon manuscrit à l'imprimeur, j'ai substitué votre nom à celui de mon
frère pour protester contre les vilenies de certains

chevaliers d'industrie, qui se faufilent dans la presse, titubent dans les ruisseaux pour éclabousser les honnêtes gens qu'ils rencontrent, et cherchent à maculer tous les passants.

Vous n'avez point été épargné; car, aussi retirés que nous puissions vivre, nous sommes tous plus ou moins éclaboussés par ces écrivassiers de trottoir qui vivent de scandales et... d'autres choses. Le journalisme étant, chez nous, une tribune où le mal est libre et le bien étouffé, où l'attaque est triomphante et la défense annulée, nous n'avons d'autre moyen de nous défendre que de dévoiler ces parasites qui déshonorent la presse.

Tous ceux qui écrivent dans nos grands ou nos petits journaux ne sont pas journalistes, et, parmi ces derniers, nous distinguons les écrivains de mérite des cabotins de la petite presse. Permettez-moi de placer sous votre recommandation ce livre, destiné à propager cette distinction de l'ivraie du bon grain, trop mélangés dans le journalisme en France. Étant à la Havane, la presse espagnole m'a révélé les nombreux actes de bienfaisance et les institutions de charité qui vous ont acquis une juste célébrité dans les Antilles. En mettant cet ouvrage sous l'égide d'un homme renommé par ses idées philanthropiques et ses bienfaits envers l'humanité, j'espère que mon livre fera mieux son chemin, et que vous considérerez, comme moi, que c'est une œuvre méritoire de le répandre le plus possible.

E. DOMENECH.

Paris, 18 janvier 1869.

QUAND J'ÉTAIS

JOURNALISTE

I

OU L'ON VERRA QUE L'ON PEUT DEVENIR JOURNA-
LISTE MALGRÉ SOI COMME SGANARELLE DEVINT
MÉDECIN MALGRÉ LUI.

Il n'est pas difficile de dire en deux ou trois
cents pages : qu'un homme jeune aimait une
jeune femme ; que leur mariage souffrit beaucoup de difficultés ; qu'ils furent heureux ; qu'ils
eurent beaucoup d'enfants ou qu'ils se trompè-
rent réciproquement et finirent, après des mois
ou des années de querelles, de débauches ou
d'une vie excessivement accidentée, par se tuer
l'un ou l'autre, sinon tous les deux.

C'est si peu difficile, que de 1830 à 1860 cinq cents écrivains n'ont pas dit autre chose. Après avoir exploité pendant trente années le même thème sur le même ton et de la même manière, le public trouva qu'il avait assez de ces sortes de livres, et les libraires trouvèrent qu'ils en avaient trop. Alors les éditeurs mirent la littérature au rabais ; ils inventèrent les histoires à dix centimes et les romans à vingt sous.

Le goût s'épiça, l'intrigue et les styles furent accommodés au poivre de Cayenne et, finalement, l'on créa la littérature des bagnes. Les galériens devinrent des héros incompris ou dévoyés ; leurs crimes ne furent pas légitimés, mais expliqués. Tous les Mandrins et les Cartouches modernes absorbèrent les sympathies ; on les dota d'un esprit chevaleresque et même poétique ; les jeunes filles les admiraient ; elles soupiraient en lisant *Rocambole*. — Oh ! un galérien ! c'est si mignon ! on en mangerait. Pourtant, on ne peut pas en épouser un tous les jours, surtout quand il revient des bagnes. Cette marchandise, au reste, n'est pas très-commune sur le marché matrimonial.

Nos jeunes ouvriers ont fini par regarder

Toulon, non pas comme une nouvelle Terre promise, — cela viendra, — mais comme une sorte de Mecque qui donne aux pèlerins de la civilisation actuelle une célébrité particulière. Victor Hugo les chantera sur l'air de *L'homme à la carabine*, Ponson du Terrail les peindra dans un style de Pandore, et le ministre de l'instruction publique décorera de nouveau le chantre ou l'historien des nouveaux Rocamboles.

Il y a pourtant des esprits mal faits qui ne partagent pas l'enthousiasme de M. Duruy pour cette littérature populaire, inaugurée par un petit-fils d'Abraham, d'Isaac ou de Jacob ; ils ont le mauvais goût de se rejeter, faute de mieux, sur les voyages, la science amusante, les études de mœurs, les connaissances utiles et tous ces livres qui, sans avoir le vide malsain ou les enseignements pernicieux de nos romans modernes, ne sont pas sans intérêt et sans utilité, sous le point de vue psychologique ou social.

C'est pour ce genre de public que j'écris l'histoire de mes impressions de journaliste, que je découvre les *ficelles* qui font mouvoir les guides de l'opinion, à tant la ligne, et que je montre les coulisses de notre presse politique. Le spec-

tacle, vu de la scène, n'est point amusant du
tout ; puis, tout le monde le connaît ; mais derrière la toile c'est toute autre chose ; c'est là que
se joue la vraie pièce, en un petit comité, la
pièce la plus drôlatique qu'on puisse imaginer.
Elle est si séduisante, que les acteurs finissent
par prendre leur rôle au sérieux, et ne peuvent
plus en jouer d'autre.

Comme MM. Thiers, Mignet, Rémusat et
tant d'autres, on peut sortir du journalisme
pour entrer au pouvoir, mais on n'en sort jamais pour exercer un autre métier. « La littérature, disait M. Villemain, mène à tout, à la
condition d'en sortir. » C'est au journalisme
surtout qu'on peut appliquer ce mot, car aujourd'hui le journaliste est l'un des premiers
personnages de la comédie humaine ; il devient
propriétaire, banquier, député, ministre même,
à moins qu'il ne meure à l'hôpital.

Avant de photographier, d'après nature, le
journalisme, ses Rotschilds, ses martyrs, ses Jérémies et tous ceux qui vivent par la presse politique, des considérations majeures m'engagent
à dire comment et pourquoi je devins journaliste, malgré moi, comme Sganarelle devint mé-

decin malgré lui. Ces quelques lignes de biographie ne sont pas étrangères à mon sujet ; elles auront, en outre, l'avantage de répondre à ceux qui se feraient cette question : Mais qu'allait-il faire dans cette galère, avec son habit ?

Ceux qui ont lu les articles que j'ai publiés dans la *Revue des deux mondes*, ou mon *Journal d'un missionnaire au Texas et au Mexique*, se rappellent qu'à la fin de 1852, mes longs voyages et les grandes fatigues subies pendant mon séjour dans le nouveau monde avaient épuisé mes forces. L'énergie de ma volonté ne pouvait plus galvaniser ma santé détruite. Hors d'état de continuer mes fonctions, je dus me résigner à quitter un pays, un peuple que j'aimais plus que moi-même et retraverser l'Océan pour la quatrième fois.

Le capitaine Moïse, le plus laid et le plus excentrique des amis, comme il était le meilleur des Moïses, vint m'accompagner jusqu'au golfe du Mexique, au nom de ses concitoyens, en témoignage d'estime. Mon départ l'affectait beaucoup ; il noya son chagrin dans le whisky, bourra les poches de mon paletot de crevettes qui sentaient mauvais, me découvrit sa poitrine en sueur et velue, m'écrasa le nez contre son cœur, ce qui me fit éternuer pendant dix minutes, et m'embrassa en pleurant comme un veau.

Quoique j'ignore si les veaux ont l'habitude de pleurer, je me sers de cette expression pour indiquer le caractère bruyant des regrets de mon capitaine, si sympathique à mes anciens lecteurs. Je ne raconterai pas les autres incidents de mon retour, pour ne pas allonger mon récit; je ne sais même pas pourquoi ce vieux souvenir, drôle et touchant tout à la fois, n'est pas resté enseveli parmi les autres. Je dois ajouter pourtant, que je traversai la France sans m'arrêter, étant pressé d'aller à Rome où j'avais une mission à remplir de la part du gouvernement républicain de Mexico.

Dans la ville éternelle, la docte Faculté décréta que ma carrière apostolique était achevée par la simple raison que le ministère de la parole m'était formellement interdit, sous peine de passer de vie à trépas. J'eus l'occasion de m'assurer que la Médecine ne se trompait pas et je me résignai à me taire comme je m'étais déjà résigné à bien des choses. Le chapitre des résignations ne finira sans doute qu'à l'arrivée des employés Vaflard et Cᵉ.

« Pierre qui roule ne ramasse pas mousse, » dit un proverbe ; ayant beaucoup roulé depuis mon sevrage jusqu'à ce jour, j'avais ramassé plus d'infirmités que de billets de banque. Un jour je m'aperçus que le clergé avait oublié de créer un hôtel des Invalides pour ses membres. Cet oubli me contraria vivement, car je n'avais pas l'ambition de vouloir vivre aux crochets de mes amis.

Paul Lacroix, — le plus érudit de nos écrivains, — et son frère Jules, — le plus modeste et le meilleur de nos poëtes dramatiques, — me dirent : — Faites comme l'abbé Huc, écrivez.

Dans tous les pays du monde il faut manger pour vivre, mais dans les pays civilisés il faut dépenser de l'argent pour manger, et pour en dépenser il faut en gagner, quand on n'en a pas. N'ayant pas le choix des moyens, je suivis le conseil qui m'était donné, j'écrivis. Je débutai dans la carrière des lettres par la publication du *Journal d'un Missionnaire*, et publiai successivement un *Voyage pittoresque dans les grands déserts*, un

Voyage dans le Minnesota, une *Histoire du Jansé-*
nisme et le *Manuscrit pictographique américain*.

Les journaux libéraux ne voulurent pas parler
des ouvrages écrits par un missionnaire ; les
journaux ultra-catholiques, trouvant que j'avais
« un style trop coloré et des opinions trop libérales, » ne firent pas la moindre réclame en ma
faveur. Je dus lutter contre ce que nous appe-
lons en terme de presse : « la conspiration du
silence. » Il fallut beaucoup de temps à mes
livres pour s'écouler à travers ce silence général.
Néanmoins, trois volumes in-octavo publiés à
Londres, et très-bien rétribués, me permirent
d'attendre les événements, sans trop allonger les
dents. « Nul n'est prophète dans son pays, » dit
un proverbe dont je connus alors l'exactitude ;
c'est pourtant triste de n'échapper aux malveillantes passions de ses compatriotes qu'en allant
à l'étranger.

C'est à cette époque qu'eut lieu l'immense
mystification à laquelle le *Figaro* faisait récemment allusion ; mystification qui me dégoûta
de la science et de la littérature, me révéla les
coteries mesquines, l'ignorance de la presse et
me lança dans le journalisme malgré moi. Cette

intrigue mérite d'autant plus que je la dévoile en quelques lignes, qu'elle se renouvelle fréquemment quand on fait appel au gouvernement pour une grande publication artistique, historique ou scientifique.

J'avais publié depuis dix-huit mois, aux frais de l'État, le *Manuscrit pictographique américain* de la Bibliothèque de l'arsenal, avec la traduction des signes hiéroglyphiques de ce manuscrit, et je le fis précéder d'une *Notice sur l'idéographie des Peaux-Rouges.* Longtemps avant que je connusse l'existence de ce manuscrit, il avait été traduit par le célèbre M. Catlin, et l'une des Bibliothèques royales du Canada en avait demandé une copie.

Ce livre dormait donc depuis dix-huit mois sur les rayons poudreux de l'éditeur Gide, lorsqu'il me vint l'idée de le présenter à l'Académie pour le prix Volney. En outre, je fis des instances auprès du ministère d'État pour la publication de ma *Grammaire des langues américaines comparées* et de soixante vocabulaires de *Langues indiennes,* soit douze volumes grand in-octavo.

Hélas! j'avais deux concurrents; l'un à l'Académie et l'autre au ministère d'État. Là,

1.

comme dans la presse, ils soulevèrent une violente tempête contre mon *Manuscrit pictographique*, tempête dont personne ne soupçonna la source, la cause et le but. En jetant du discrédit sur le livre, on en jetait sur l'auteur, on me fermait la bourse du ministère et on l'ouvrait au profit de mon concurrent le plus acharné. C'était peu loyal, mais fort simple.

Je me trouvais alors en Irlande où j'étudiais les monuments cyclopéens de la verte Érinn. A la première nouvelle de cet orage, je revins brusquement à Paris; j'appris que l'opposition, et les ennemis de la France à l'étranger, attaquaient avec fureur le gouvernement français à propos de ce *Manuscrit pictographique*. En quinze jours j'écrivis et publiai la brochure intitulée : *La vérité sur le livre des Sauvages*, avec dix planches de signes hiéroglyphiques qui se trouvaient dans mon livre, ainsi que leur interprétation par les Indiens et les Américains les plus érudits, les plus autoritaires dans cette question.

Je donnai ensuite la traduction des soixante inscriptions alphabétiques intercalées dans le manuscrit, et dont mes adversaires français,

allemands, anglais et russes, n'en avaient pu
traduire que vingt-sept. Je prouvai que ce
manuscrit était l'œuvre d'un Souabe devenu
chef de tribu, comme tant d'autres Européens.
Grâce aux archives du ministère de la marine,
je parvins même à découvrir l'auteur et
suivre sa piste depuis sa capture par nos
soldats jusqu'à son départ pour la France sous
Louis XV.

Ma réponse mit les rieurs de mon côté; elle
termina la question et me valut les sympathies
de quelques vrais savants allemands et anglais
qui vinrent à Paris pour voir le manuscrit ori-
ginal ou m'écrivirent pour me témoigner leur
indignation au sujet des procédés de la presse
politique, incompétente dans cette matière, et
pourtant très-acharnée contre moi. L'un d'eux,
célèbre philologue, me dit après avoir examiné
très-minutieusement le manuscrit :

« — Je ne suis pas plus compétent sur ce
» sujet que ceux qui vous ont attaqué ou défendu ;
» néanmoins, je vois, d'une manière évidente,
» un système dans les signes hiéroglyphiques
» et leur arrangement; du moment où il y a
» système, il y a science ; vous n'avez donc pas

» pu vous tromper en expliquant ce manuscrit
» comme vous l'avez fait. »

J'avais gagné mon procès. Malheureusement
pour moi, comme pour mon concurrent,
M. Walewsky, très-ennuyé du tapage fait à propos de cette publication, prit l'Amérique en
horreur et ne voulut souscrire à aucun livre
concernant le nouveau monde.

C'est ainsi que je terminai ma carrière scientifique. Je dus remettre dans mes cartons les
travaux de linguistique américaine que je me
proposais de publier, et, n'ayant point d'autre
corde à mon arc, je dus accepter, comme une
planche de salut, les offres brillantes que vint
alors me faire le journalisme par l'organe de
M. Perron, directeur de l'*International*.

II

VICISSITUDES D'UN NOUVEAU JOURNALISTE ET DU
JOURNAL LE MIEUX INFORMÉ DE TOUS LES
JOURNAUX

Un jour, — il y a longtemps de cela, — je
reçus, du ministre de l'instruction publique et
des cultes, une lettre qui me donnait pour le
lendemain une audience que je n'avais point
demandée. Je me rendis pourtant à cette invitation. L'huissier m'annonça.

— Que me voulez-vous ? me demanda le ministre d'un ton presque bourru.

— Je viens justement pour vous adresser cette
question.

— Ah ! j'ai lu quelques-uns de vos livres...
Je sais que vous n'avez que votre plume pour
vivre... La plume et l'encre font ordinairement

vilain pot-au-feu... Je voudrais vous être utile...
Si vous aviez trente ans de service ou soixante
ans d'âge, je pourrais vous donner une pension
de cent écus. Mais comme vous n'êtes dans aucune de ces conditions, cherchez en quoi je puis
vous être utile... Venez me voir quand vous
voudrez, ma porte vous sera toujours ouverte, et
quand ma main serrera la vôtre, ne vous fâchez
pas si vous y trouvez un rouleau de vingt louis.

— Merci, monsieur le ministre, je suis très-
touché de votre offre; j'accepte votre appui, mais
je refuse vos rouleaux.

— Et vous aurez tort, car ce serait de la fierté
mal placée. Les hommes de lettres et les savants
sont comme bien d'autres hommes, non moins
honorables, ils doivent être protégés dans leurs
travaux, autrement que par de platoniques
paroles; le gouvernement s'honore et ne fait
que son devoir en leur venant en aide.

Ce ministre faillit, en effet, me rendre deux
services; mais quand j'allai lui demander le
premier, il venait de perdre le département des
sciences et des beaux-arts, duquel relevait ma
supplique; lorsque je fus lui demander le second, il venait de perdre son portefeuille. Je de-

vrais, peut-être, dire qu'il venait de le laisser ;
mais en général on ne « laisse » pas un portefeuille, on le « perd. » Quoi qu'il en soit, j'arrivai trop tard ; ce qui ne m'étonna pas, car c'est
toujours l'heure à laquelle j'arrive, quand je vais
solliciter quelqu'un pour quelque chose. Dans
ces moments-là, j'ai la chance d'avoir une montre qui retarde toujours ou ne marche plus.
C'est désolant.

Les uns appelaient ce ministre : le bourru ;
d'autres, le disaient bienfaisant. Je crois qu'il
était un bourru-bienfaisant ; la réception qu'il
me fit l'indique plus que des commentaires.
Lorsque j'arrivai trop tard pour qu'il pût me
rendre le premier service que je lui demandai,
il écrivit sous mes yeux une lettre pour me re-
commander chaleureusement à l'un de ses collègues. Je devais m'adresser d'abord au chef de
division chargé de faire les rapports sur la valeur et la portée des ouvrages présentés au ministre. La valeur et la portée de ce fonctionnaire
me parurent phénoménales.

— Le Texas, me dit-il, après avoir causé de
mon premier livre, n'est-il pas dans la Pata-
gonie?

— Comme la Provence est chez les Hotten-
tots, répondis-je en prenant mon chapeau.

Quand la destinée d'une œuvre dépend d'une
pareille ignorance et de la bêtise incarnée, l'on
n'a rien de mieux à faire qu'à prendre son chapeau et à s'en aller. Comment après cette dernière
tentative pour m'accrocher à la noble carrière
des lettres et de la science n'aurais-je pas écouté
les propositions de M. Perron, non pas le cho-
colatier, mais le directeur de l'*International*,
journal qui venait de se créer?

De tous les axiomes modernes, devenus popu-
laires, deux surtout méritent l'attention. L'un,
affiché sur tous les murs de Paris, affirme que

« *Le meilleur chocolat est le chocolat Perron.* »

L'autre, plus modeste, se lit sur tous les
kiosques des boulevards et dit que

« *Si vous voulez être bien informés, lisez*
l'International. »

Ce journal, en effet, n'est pas plus mal ren-
seigné que les autres ; il est mieux fait et plus
intéressant que la plupart de nos grands journaux politiques. Si l'on connaissait combien son
enfance fut laborieuse, accidentée, cent mille
abonnés viendraient se faire inscrire par sympa-

thie. Il avait, je crois, trois mois d'existence, lorsque M. Perron vint éloquemment me faire miroiter la gloire et la fortune pour m'enrôler dans la rédaction. Convaincu que l'*Indépendance belge* ne pourrait survivre à notre concurrence, je me laissai fasciner, je me rendis.

J'entrai dans l'*International* comme associé et rédacteur. Étais-je rédacteur en chef de la rédaction de Paris, ou simplement secrétaire de la rédaction ? Je ne l'ai jamais su ; jamais non plus, je n'ai connu les autres rédacteurs ; il y en avait pourtant ; mais que de nuages ont enveloppé le berceau de ce journal !

Je faisais la « correspondance étrangère, » des « articles de fond, » et la « revue des journaux. » Mon noviciat dans ces trois spécialités de la presse politique m'apprit bien des choses que j'ignorais. Ainsi, quand je lisais dans un journal une correspondance étrangère commençant par ces mots :

— « On nous écrit de Constantinople, etc. » je ne me doutais pas le moins du monde qu'il n'était nullement besoin de recevoir des lettres de Constantinople pour faire une correspondance sur la Turquie et qu'on la faisait ordinai-

rement dans son bureau pour éviter de payer
des correspondants. Ces correspondants existent
néanmoins, mais ils sont rares ; aussi, je n'étais
pas étonné de voir, pendant la dernière insurrection de la Pologne, l'ambassade de Russie
protester contre l'exactitude de certaines correspondances polonaises qui se mitonnaient probablement à l'hôtel Lambert. Si Mgr Chigi avait eu
moins d'antipathie pour les journaux, il aurait
lu, sans doute, bien des correspondances italiennes écrites dans la rue du Croissant.

Trop paresseux ou trop honnête pour inventer
des nouvelles étrangères, je rédigeais mes cor-
pondances sur des documents authentiques
fournis par les ambassades. Je pouvais donc dire
sans mentir :

« On nous écrit de Constantinople, etc. »

Mes « articles de fond » eurent un certain
succès ; malheureusement, comme on ne signait
pas à l'*International*, ils ne portaient que mes
initiales E. D. Au ministère de l'intérieur, on
crut que M. Ernest Dréolle en était l'auteur ; il
en eut le mérite, peut-être, sans s'en douter.
Pour me consoler, j'aurais bien chanté le fameux

« *Sic vos non vobis*, etc. »

mais comme je chante faux et que j'avais oublié
mon Virgile, je dus me consoler à l'instar de
M. Prud'homme et laisser à M. Dréolle tout
l'honneur des articles qu'il n'écrivait pas.

Je parlerai bientôt des découvertes que je faisais chaque jour, en passant la presse en revue,
pour le moment je dois revenir à l'*International*.
J'ai toujours eu l'idée la plus vague sur les appointements donnés aux rédacteurs de ce journal. Ce qu'il y avait de positif c'est que mon directeur m'empruntait parfois de l'argent, mais
ne m'en donnait jamais. Il était si convaincu, si
bon garçon que je lui aurais prêté ma chemise,
sans le moindre intérêt ; j'étais sûr qu'il me
l'aurait rendue avec tous ses boutons.

M. Perron était certainement le meilleur des
directeurs, comme le chocolat Perron est le
meilleur des chocolats. Quand il avait de l'argent, il m'invitait avec empressement à manger
une tête de veau à l'huile ou bien un pied quelconque au gratin. Hélas ! les pieds gratinés et
les têtes de veau à l'huile ne font pas le bonheur
de l'homme et ne l'enrichissent guère ; je déplo-
rais amèrement que le meilleur des directeurs
n'eût pas la fortune de Rotschild et les généreu-

ses traditions de M. de Villemessant. Aussi,
maintes fois j'allais flâner dans la rue de Clichy
pour m'acclimater à l'air de ce quartier, ne dou-
tant pas que d'un jour à l'autre la rédaction de
l'*International* serait prise au collet et transférée
à la prison pour dettes. La rédaction n'opéra
pas ce déménagement, mais le journal fut
vendu.

Les nouveaux propriétaires, — on les pleure
encore, — rendirent la vie à cette feuille qui
s'éteignait dans une douloureuse phthisie ; ils
installèrent une administration ainsi qu'une
caisse, ce dont nous nous étions passés jusqu'a-
lors comme objets de luxe. Un caissier suppose
une caisse, et quand la nouvelle administration,
— je dis nouvelle pour la forme, car c'était la
première, — nous paya notre premier mois,
nous ne pouvions en croire nos yeux. Pour ma
part, je considérais mes cinq cents francs avec
une certaine méfiance et je me demandais si les
louis que j'avais dans la main n'étaient pas des
jetons pris à Mangin? Je dus me rendre à l'évidence ; la caisse était sérieuse comme une mine
d'or.

Ah! le beau temps que celui-là ! J'avais fait

entrer dans la rédaction Pierre Véron, Hippo-
lyte Lucas et d'autres bonnes plumes. Le soleil
brillait alors sur l'*International*, mais cela ne
dura guère, le journal fut revendu et M. Bouinais devint notre nouveau directeur politique.

Un mois après ce changement de propriétaire,
je fus mis à la porte du journal par cet excellent
M. Bouinais, pour avoir soutenu la nouvelle
politique gouvernementale dans la question italienne et celle du Mexique. Cela n'a pas empêché le gouvernement de décorer M. Bouinais
qui défendait la politique de Victor Emmanuel
et moi de rester sur le pavé pour avoir défendu
celle de l'Empereur !

Je n'en ai point voulu à mon honorable directeur, par la simple raison qu'il soutenait les
intérêts financiers de ses bailleurs de fonds. Dans
un journal politique la caisse passe toujours
avant la politique. En 1866, je lui offris même
la croix de Notre-Dame de Guadalupe pour publier les notes que m'envoyait l'empereur Maximilien. Sa Majesté n'ayant pas d'argent pour
payer les services que lui rendait la presse, m'a-
vait autorisé à lui présenter pour la décoration
ceux qui soutiendraient l'empire mexicain ; mal-

heureusement pour M. Bouinais j'envoyai trop
tard son nom à Mexico ; ma demande se perdit
dans le tumulte de l'empire qui s'écroulait. Je
le regrette, car M. Bouinais n'aurait pas fait
comme ceux qui m'ont supprimé le service
gratuit de leurs journaux, après la chute de
Maximilien. Oh! gratitude humaine, en général, et des journalistes, en particulier, voilà
bien tes coups !

Pourtant, j'ai regretté que mon aimable
directeur n'ait pas mis un peu plus de forme
dans ses procédés. Non-seulement je ne fus pas
payé de ce qui m'était dû, ni de mon *Voyage
légendaire en Irlande*, trois volumes publiés en
feuilleton, mais encore on suspendit le paye-
ment de mon dernier mois jusqu'à ce que je
fusse décidé à signer un acquit général et la
promesse de ne pas faire un procès à l'*International*.

Si j'avais été thuriféraire vis-à-vis du pouvoir ou si j'avais jeté mon habit par-dessus
les moulins pour faire de l'opposition systématique, j'aurais trouvé d'autres portes
ouvertes, mais je voulais rester tout à la
fois honnête, indépendant et français; alors

toutes les portes du journalisme me furent fermées.

Dernièrement un personnage disposé à m'être utile demandait à l'un de mes amis quelques renseignements sur moi pour savoir comment il pourrait utiliser ma plume. On sait qu'il y a des amis qu'on aime, des amis qu'on n'aime pas et des amis qu'on déteste. Il paraît que vis-à-vis du mien je me trouvais classé dans la dernière catégorie, car il répondit à ce personnage :

« Mon Dieu, je crois que c'est un bon garçon, mais il n'est ni chair ni poisson, et il vaudrait mieux qu'il fût l'un ou l'autre. »

Mon ami, tout en m'éreintant, avait parfaitement raison. En politique comme en religion, pour plaire, ne pas rester isolé, et pour avoir honneurs et profits, il faut être chair ou poisson, c'est-à-dire qu'en politique, il faut cirer les bottes du gouvernement, applaudir sans restriction à tout ce qu'il fait; ou l'injurier, le calomnier, lui faire une guerre continuelle, et qu'en religion il faut être plus ultramontain que monseigneur de Mérode ou plus gallican que M. Wallon. Être, en politique, Français avant tout, en religion, catholique avant tout; c'est faire preuve de petitesse d'esprit et d'une niaiserie ridicule.

Il est heureux que tous les cœurs honnêtes ne pensent pas ainsi, et que bien des âmes sincèrement chrétiennes et françaises pensent autrement.

III

IL EST DÉMONTRÉ QUE « SANS FICELLE IL N'EST PAS DE BONHEUR ICI-BAS »

En quittant l'*International*, je partis pour le Mexique, où l'empereur Maximilien me fit devenir plus journaliste que jamais. Mais Sa Majesté comprenait la liberté de la presse d'une si drôle de façon que je donnai ma démission de directeur deux fois en un mois. Elle ne fut point acceptée, et je revins à Paris, où je continuai les remarques suivantes que je fis sur le journalisme français.

En France tout s'use et passe avec une effrayante rapidité. Je crois que le gouvernement le sait et qu'il en profite pour essayer bien des choses, les faire passer ou s'en consoler quand elles ne passent pas. On se lasse de tout ce qu'on

a, et l'on demande sans cesse ce qu'on n'a pas.
Après avoir demandé longtemps un joujou, une
liberté, nous nous en fatiguons dès que nous
l'avons.

Combien de temps a duré le bruit qui s'est
fait pour obtenir la liberté des théâtres, de la
boulangerie et des voitures ? Si peu, qu'on ne
s'en rappelle plus. Beaucoup se lassent même
des libertés qu'on leur a octroyées et regrettent le
régime protectionniste dont ils ne voulaient pas.
« Autrefois, disent-ils, le pain était moins cher,
les théâtres faisaient moins souvent banqueroute
et donnaient de meilleures pièces. »

Au moment où nous y songions le moins, on
nous a donné la liberté de la presse, que nous
avions demandée comme la plus précieuse des
libertés. On verra bientôt que tout le monde s'en
est fâché, que personne ne la voulait et que le
gouvernement a dû l'imposer à tous. Mais enfin
nous l'avons ; qu'en est-il résulté ?

D'abord, une avalanche d'injures, de coups
de trique ou de coups d'épée que se distri-
buaient librement entre eux les journalistes ; —
ce temps est déjà passé. — Ensuite nous avons
eu des myriades de fort jolis procès ; mainte-

nant nous avons une inondation de journaux.
Si cela continue, chacun fera le soir son petit
journal, qu'il se lira lui-même le lendemain
matin avec une douce béatitude.

Je vais me permettre une légère observation à
l'endroit de ces messieurs qui s'imaginent que
tout journaliste qui a de l'esprit, du talent, du
savoir, peut faire un journal. L'expérience prouve
que c'est une illusion. Il ne suffit pas de couvrir
plus ou moins spirituellement trois pages d'un
journal pour le faire vivre et prospérer ; il ne
suffit pas même d'avoir beaucoup d'argent ; il
faut encore ce qui ne se donne pas, il faut connaître les rubriques et les ressources du journalisme.

« On devient cuisinier, mais on naît rôtis-
seur. »

On devient rédacteur, mais on naît journaliste. Si *l'on* se pénétrait de cette vérité, *l'on* ne
confierait pas un journal comme *on* l'a fait si
souvent à d'excellents rédacteurs qui ne sont et
ne seront jamais de bons journalistes. Pour se
convaincre de ce fait, *on* n'a qu'à passer à la
caisse pour connaître les résultats de cette confiance. En matière de presse, la caisse et le ti-

rage sont le baromètre du succès d'un journal.

Tout ceux qui daigneront jeter un coup d'œil
sur le journalisme, tel qu'il est aujourd'hui,
trouveront, comme moi, que rien n'est plus drôle
que la situation actuelle de la presse politique et
la physiologie des journalistes. Ce serait trop
long et pas assez amusant de faire de l'une et
des autres de grands portraits à l'huile. Puis, je
n'aime pas l'huile, ailleurs que dans la salade.
Je me contenterai donc d'esquisser légèrement
la physionomie de quelques martyrs, coqs, jérémies, égalitaires, effacés et parasites de la presse.
Ce sera besogne agréable, utile et bienfaisante.

Disons d'abord qu'en général, sauf l'ex-roi de
Bavière, tous les gouvernements considèrent
comme un être dangereux tout homme qui vit
de sa plume, et, tout journaliste, comme une
vipère qui n'ouvre la bouche que pour mordre
ou manger et dont la morsure est venimeuse.
Cette manière d'envisager les journalistes et les
hommes de lettres se traduit par des actes con-
formes aux sentiments.

On déteste, on craint, on caresse parfois un
homme à plume, mais on en fait peu de cas, et
on ne l'aime jamais. La réciproque est une con-

séquence naturelle de cette situation — tendue,
— comme diraient des diplomates. Les hommes
de lettres et les journalistes veulent montrer leur
force et leur valeur, et c'est, ordinairement, aux
dépens du pouvoir qu'ils exercent cette force et
révèlent cette valeur.

Cette indifférence et cette hostilité quelquefois
sourdes et souvent déclarées des gouvernements
vis-à-vis de la presse, sont non-seulement une
maladresse, mais elles proviennent, en outre,
d'un manque absolu de réflexion. En effet, quelle
est la force d'un gouvernement ? n'est-ce point
l'opinion publique ? quel est l'agent, le tuteur
et le réformateur de l'opinion publique ? n'est-
ce point la presse ? Un gouvernement peut faire
des merveilles, ainsi que ses ministres, ses fonctionnaires et ses préfets, mais qui le saurait si la
presse ne le disait pas ? Quand une faute est
commise par un fonctionnaire la responsabilité
n'en remonterait-elle pas au chef de l'État, si la
presse n'éclairait pas l'opinion publique sur le
maladroit ou le coupable qui l'a commise ? Dans
un pays comme le nôtre où la presse est omni-
potente, une dynastie ne resterait pas deux ans
sur le trône si la presse ne la soutenait pas.

2.

Je reconnais que la carrière des lettres et celle
du journalisme sont assez exploitées par des chevaliers d'industrie qui sortent on ne sait d'où et
vivent joyeusement par le « chantage » ou le
scandale. Mais quelle est la médaille qui n'a pas
son revers? Quelle est la corporation qui n'a pas
son Judas? Quel est l'homme qui n'a pas de défauts, de vices même si l'on veut? Disons donc
que si la presse est plus hostile que favorable au
pouvoir, c'est qu'elle a plus à s'en plaindre qu'à
s'en louer, et qu'elle a plus à blâmer qu'à féliciter. Les louanges, aussi fades, aussi fausses
qu'elles puissent être, sont toujours acceptées
avec plaisir. Les conseils et les enseignements,
quand ils sont désagréables, quoique donnés par
des amis sincères, sont toujours repoussés et
méconnus.

Comme dans la presse, les censeurs sont plus
nombreux que les encenseurs, il est donc naturel que la presse soit mise à l'index.

Dans ma revue des hommes et des choses concernant le journalisme, je passerai complétement
sous silence la catégorie des hommes de lettres
qui font d'un journal une chaire du haut de laquelle, sans haine et sans parti pris, ils prêchent

la vérité aux peuples comme aux rois, font entendre la voix d'une conscience honnête, d'une
intelligence éclairée par l'étude et d'une âme
vraiment patriotique. Ces hommes inspirent le
respect, on se découvre devant eux, ils ne prêtent ni au ridicule ni à la critique. Ils sont dans
le journalisme ce que les grands artistes dramatiques sont au cabotin. C'est du cabotin de la
presse que je vais faire le croquis.

En le considérant bien dans le blanc des yeux,
en l'examinant bien sur toutes les coutures, le
journaliste de cette espèce n'est qu'un avocat qui
plaide par écrit, en faveur ou contre une cause,
bonne ou mauvaise, patronnée par celui qui le
paye. La différence entre le journaliste et l'avocat ne consiste que dans la manière de plaider.
En général, ces plaidoyers par la plume ou par
la parole tendent toujours à blanchir un nègre
ou bien à noircir un blanc.

Le journaliste plaide au nom du droit, de l'autorité ou de la liberté ; l'avocat plaide de préférence au nom de la justice ou de l'humanité. Ni
l'un ni l'autre ne disent qu'ils sont payés pour
cela. Le droit, la justice et la liberté ont de
bonnes épaules ; ce sont des mines d'or inépui-

sables; MM. Jules Favre et Rochefort, deux
types de l'avocat et du journaliste libéraux, peuvent affirmer que l'exploitation de la Californie
ne vaut pas celle de la justice et de la liberté.

Aussi, les journalistes et les avocats visent
plus que jamais à la députation. Après la fortune, la gloire; les écus d'abord, les lauriers
ensuite. Ces deux professions deviennent plus
lucratives que celle d'un ténor, et l'on sait qu'un
ténor est mieux rétribué qu'un ministre. Quand
nous n'aurons plus au Corps législatif que des
avocats et des journalistes, la France sera la
première des nations civilisées, et les sessions
dureront trois cent soixante-cinq jours chaque
année; il n'y aura de relâche qu'aux années
bissextiles. Serons-nous heureux?

Nos politiques de la presse quotidienne ont
des connaissances, — et je les flatte encore, —
excessivement limitées sur la géographie et l'histoire des peuples étrangers, et de la France en
particulier; aussi, leurs polémiques sur les
questions de politique internationale sont-elles
marquées du sceau de l'absurde le plus gigan-
tesque. Je le prouverai.

En politique intérieure, ils se sont constitués

les gardiens de nos droits, de nos libertés et de
nos deniers; mais en les entendant crier à tort
et à travers, depuis le 1ᵉʳ janvier jusqu'à Saint-
Sylvestre, sous tous les régimes et contre tous
les passants, on finit par se dire : — Mais que
diable gardent-ils donc?

Aucuns disent qu'ils gardent leur place et sont
payés pour courir sus aux mollets des ministres
et déchirer leurs chaussettes. C'est un métier,
c'est fort bien ; mais quand j'étais journaliste,
je ne cachais pas mes convictions sous ma
bourse, et je préférais la pose digne du boule-
dogue qui ne montre les dents que dans les occa-
sions graves, aux mille évolutions tracassières
du roquet. L'amour-propre est toujours plus
flatté de jouer un rôle que d'exercer un métier.

De tous les rôles, celui de l'apostolat convient
le mieux à la presse; quand on n'a pas assez
d'instruction et de talent pour le jouer décemment, on devrait avoir l'esprit de le grimer.
Lorsqu'on prend un grand sabre pour se battre
contre le pouvoir, il faut savoir s'en servir et
s'en servir à propos ; en abusant du sabre, on le
change en tire-bouchon comme celui de la
Grande-duchesse de Gérolstein. Les sabres tire-

bouchon abondent également beaucoup trop
dans l'arsenal des journalistes qui défendent le
pouvoir.

Les journalistes qui n'ont pas été plus loin
qu'Asnières ou Bougival, — et c'est la grande
majorité, — prennent le Pirée pour un homme,
font des bévues historiques ou géographiques
phénoménales et *raisonnent* faux comme des pots
fêlés. Ils peuvent être de bonne foi lorsqu'ils
nous vantent les libertés de certains peuples ;
mais, quand ces libertés ne sont pas une lettre
morte, nos journalistes ne savent pas à quel prix
ces peuples payent leurs libertés.

Il en est des libertés comme des bouts de
chandelle, on les paye souvent plus cher qu'elles
ne valent. On se rappelle les cris poussés l'année dernière par la presse contre notre tabac et
nos *londrès*. Si j'avais été ministre des finances,
au lieu de répondre à ces attaques, j'aurais annoncé un train de plaisir pour Bruxelles et
Londres, et j'aurais délivré des billets gratuits à
tous les journalistes qui se seraient engagés à
fumer des cigares anglais ou belges pendant
leur excursion. Il seraient revenus fanatiques de
nos *londrès* ou dégoûtés du tabac à tout jamais.

En Belgique, le tabac est à bon marché, mais mauvais; en Angleterre il est mauvais, mais cher.

Pour le moment, je ne parle ici que de la question des tabacs parce qu'il est plus facile et moins long de l'étudier que celle des libertés.

Il n'y a pas de journaliste, y compris le rédacteur en chef du *Moniteur de la Chapellerie*, qui ne parle au nom de la France et ne déclare être son Mentor et son interprète. Quand un des coqs de la presse a faim, il ne demande pas à la cuisine de son journal, une tranche de jambon, une andouillette ou tout autre plat de son goût; mais il dit avec une outrecuidante assurance : — La France veut une andouillette, une tranche de jambon, etc.

La France, c'est lui, comme autrefois l'État, c'était Louis XIV. Les Louis XIV pullulent de nos jours. C'est une vraie bénédiction.

« La France est malade; elle languit dans les fers à l'intérieur ; elle est abaissée à l'étranger.» Tel est le cri quotidien de tout journal qui ne fait pas ses frais. La France est en danger ; elle agonise, elle se meurt lorsque les annonces et les abonnés ne viennent pas. Il y a pourtant des badauds qui se laissent prendre à ces ficelles ! Oh!

comme *Le Temps* sait bien les faire jouer, celles-
là !

Si l'on venait dire à ces Jérémies du journalisme qu'il y a trente millions de Français qui
ne connaissent pas même l'existence de leur journal, et que par conséquent ils ne peuvent pas
s'y abonner, ils ne répondraient pas moins que
la France n'existe pas au delà de leurs bureaux,
et que ces trente millions de Français sont des
imbéciles plongés dans l'obscurantisme. Quels
excellents patriotes ne seraient-il pas s'ils étaient
abonnés audit journal ! Oh ! boutique, boutique,
étoufferas-tu donc toujours la conscience humaine ?

En matière de presse comme en politique, il
y a des convictions et des opinions. Les convictions sont rares parce qu'elles ne rapportent que
la misère ou l'oubli ; mais il y en a. Les convictions platoniques qui se manifestent lorsqu'elles
ne font courir aucun danger, sont plus communes. Quant aux opinions, elles sont toutes
plus ou moins lucratives. Si l'opposition compte
de nombreux partisans dans la presse de Paris,
c'est que les opinions de cette couleur sont les
mieux rétribuées.

On tient beaucoup aux opinions qui rapportent la députation ou bien douze, dix-huit et vingt mille francs de rentes dans un journal. Parfois même elles prennent la livrée d'une conviction. Dans nos réunions générales de la « Société des gens de lettres, » nous apprenons vite à combien sont cotées — la ligne — les opinions de nos collègues journalistes. L'échelle proportionnelle des appointements est indiquée par la hausse ou la baisse du thermomètre de la discussion.

Si les opinions lucratives ont leur valeur, il me semble que les convictions stériles, improductives dans leurs résultats, et qui amènent parfois l'abandon, l'isolement et la pauvreté, ces convictions, dis-je, sont assez respectables. De quel droit les richards et les gros bonnets du journalisme veulent-ils, dans cette société, contrôler nos convictions et nous imposer leurs opinions ?

Est-ce par libéralisme ? D'abord, nous sommes plus libéraux qu'eux, puisque nous donnons nos opinions et que nous ne les vendons pas ; ensuite, le libéralisme vrai respecte la liberté individuelle, la liberté de conscience et de la pensée. Le libéralisme qui s'impose est une force op-

3

pressive, la force du plus fort ; la force n'est pas libérale, elle est brutale.

Si MM. Jules Simon, Claretie et tous nos collègues grassement rétribués voulaient nous imposer leurs écus ou leurs appointements, je comprendrais leur contrôle et leur dédain pour les plébéiens de la presse, mais ils gardent leur argent et ne nous offrent que leurs opinions. Maigre pitance ! Pourquoi ne prennent-ils pas leur libéralisme par la queue ? Pourquoi ne versent-ils pas une partie de leurs revenus dans notre caisse de retraite et ne gardent-ils pas leurs opinions pour eux ? Tout le monde y gagnerait.

Puisque nous appartenons à la « république des lettres, » nous devrions être un peuple souverain, dans notre société. Hélas ! là, comme dans toutes les républiques, on y voit un « Conseil des dix, » des burgraves, des loups et des moutons ; mais de vrais républicains, Diogène avec sa lanterne ne les trouverait pas. S'il y en a, ils n'ont pas la parole.

Comment ne pas voir des ficelles substituées aux convictions, lorsque les faits répondent si peu aux sentiments affichés ? Se faire une enseigne du libéralisme et se conduire comme les marquis de l'ancien régime, c'est se moquer de son public. Mais l'enseigne est si bonne ! Comment se convertir aux utopies sociales de certains journalistes qui prennent l'homme comme s'il était parfait, sans ambition et sans vices, qui veulent détruire par la morale et la religion le code pénal, les peines infamantes, et dont toute la vie n'a été qu'un long oubli de la religion et de la morale ?

Que dire de ces apôtres qui réclament l'abolition de la peine de mort et prêchent l'assassinat politique, soit individuel dans la personne du souverain, soit en masse par la guerre civile ? Ficelle, toujours de la ficelle ; « Sans ficelle il n'est pas de bonheur ici-bas. »

Un jour j'entendis raconter l'histoire de « l'Enfant prodigue » avec des détails inédits. « Quand Isaac, disait le narrateur, voulait le soir faire rentrer son troupeau dans l'étable, il lui faisait un discours bien senti, sur la nécessité de s'enfermer au plus tôt au logis ; il prenait ses auditeurs par les sentiments ; il leur démontrait le danger que les loups pouvaient faire courir aux flâneurs qui s'attarderaient à contempler les étoi-

les, et leur prouvait que l'obéissance est la première des vertus. Mais lorsque les mauvaises
têtes ne se laissaient pas prendre par les sentiments, l'enfant prodigue les prenait par la queue
pour se faire obéir, et ce moyen, paraît-il, lui
réussissait beaucoup mieux. »

Cette histoire me revient à l'esprit avec son
cortége d'enseignements. Les masses aiment le
solide, le positif, et ne prêtent qu'une oreille dis-
traite aux discours intéressés, aux utopies inap-
plicables, parce qu'elles sont basées sur une
situation qui n'existe pas. Les masses ont une
forte dose de bon sens qui ne s'émeut qu'en faisant vibrer leur corde sensible : l'exemple et leur
intérêt. C'est en vain que les journalistes leur
prêcheront des doctrines nouvelles et leur parle-
ront de libéralisme ; les masses leur répondront
toujours : — A quoi me serviront vos doctrines ?
feront-elles mûrir nos blés ? nous garantiront-
elles de la grêle ? Quant à votre libéralisme, don-
nez-nous-en d'abord l'exemple en nous laissant
tranquilles, puis nous y croirons lorsqu'il vous
laissera dans la misère, au lieu de vous enrichir.
Oh ! l'exemple, l'exemple ; voilà ce qui est désagréable à donner !

IV

COMME QUOI LES MARTYRS DE LA PRESSE REÇOIVENT
PLUS D'ÉCUS QUE DE COUPS DE BATON

On a vu que chaque journaliste, dans son opinion personnelle, représentait la France ; cela
ne lui suffit pas ; de la manière dont il tranche
les difficultés et parle de toutes les questions, on
voit qu'il estime son opinion supérieure à celle
de l'univers entier. Ce sentiment laisse, peut-
être, un peu à désirer sous le rapport de la modestie ; mais la modestie est le défaut de la vraie
science et des grandes intelligences ; les grands
hommes de la presse s'en privent.

En général, on aime sa patrie comme on aime
sa mère. Les Allemands attaquent le pouvoir,
mais ils exaltent « la docte Allemagne. » Les

Anglais malmènent leurs ministres, mais malheur à qui dirait un mot contre l'honneur de « la vieille Angleterre. » Les États-Unis sont toujours en procès avec leurs présidents, mais il n'y a pas au monde un drapeau qui brille, à leurs yeux, d'un si bel éclat que « la bannière étoilée. » Quand les Espagnols ont nommé « la patrie du Cid, » il n'y a plus qu'à se courber. On sait que lorsque Satan montra tous les pays du monde à Jésus, un brouillard cachait à celui-ci l'Espagne pour ne pas le tenter. Il n'y a pas jusqu'aux Italiens qui ne disent avec orgueil : « — *Italia farà da sè !* » .

En France, le journaliste libéral chante une tout autre chanson. Il n'a pas assez de fiel dans le cœur, assez d'injures sur les lèvres, assez d'encre au bout de sa plume pour calomnier, flétrir et noircir sa patrie, en France comme à l'étranger. Pourtant, il dit qu'il personnifie la France ! et l'arrange de telle sorte, qu'on serait tenté de rayer nos Gaulois modernes du rang des peuples civilisés. Heureusement, l'histoire et ces milliers d'étrangers qui viennent constamment habiter ou voir notre pays, le réhabilitent dans l'estime des honnêtes gens, en proclamant que, malgré ses défauts, il est encore le premier du monde.

Avec M. Alexandre Gresse, je dirai que le journaliste libéral occupe ses loisirs et satisfait ses haines, en venant périodiquement jeter sous une forme plus ou moins acérée, des ironies venimeuses aux pieds de tous les hommes, autour de toutes les choses qui, de près ou de loin, touchent au gouvernement. Il égrène un chapelet d'injures, sans se douter que par sa licence, il compromet la liberté dont il se fait l'indécent apôtre.

Comparer le gouvernement qui prélève les impôts, prélevés sous tous les gouvernements et dans tous les pays, aux voleurs qui rançonnent les citoyens sur les grandes routes ; l'accuser de vol, de spoliation ; poursuivre des ministres, des ambassadeurs des plus violentes personnalités ; ne respecter ni l'âge, ni le sexe, il n'y a là rien de nouveau. Nous retrouvons ces huées et ce rire insultant à toutes les vilaines pages de notre histoire.

Les journaux étrangers nous apprennent, parmi leurs annonces industrielles, que moyennant un certain prix ils peuvent avoir une col-

lection d'infamies contre notre patrie et nos concitoyens, infamies écrites et publiées par un
Français. L'abjection du spectacle présenté par
ces colères aveugles, amène le succès ; on fait
cercle autour de ces malheureux qui traînent
leur pays dans la boue. On se sent fier devant
eux de ne pas être Français.

Comme on ne peut pas toujours jeter la
même bave sur le même gouvernement, sur les
mêmes ministres et sur les mêmes personnes,
on éreinte ses compatriotes, on leur dit : — Vous
êtes des crétins et des esclaves; nous ne jouissons d'aucune liberté, sinon je vous en dirais
davantage.

A cela les Français répondent : — Voyez
donc ce pauvre garçon comme il est entravé
dans sa pensée ! S'il avait la liberté de tout dire,
que nous dirait-il donc, puisque malgré ses
chaines il nous affirme que notre gouvernement
n'est qu'un ramassis de despotes, de tyrans, de
mange-tout, et que nous sommes des nègres et
des crétins.

Néanmoins on en a vu plus de cent mille qui
se trouvaient flattés de ces épithètes, aimaient à
lire ces choses-là, n'y regardaient pas de si près,

et versaient cinquante mille francs par semaine dans les poches de ces martyrs de la liberté. Il est inutile d'ajouter que ces martyrs avaient pourtant la liberté de prendre ces cinquante mille francs et qu'ils en profitaient. A ce prix-là beaucoup chanteraient comme eux.

« Oh ! doux martyre, etc. »

Pourquoi Victor Hugo, dans ses *Misérables*, n'a-t-il pas dépeint ces araignées humaines avides d'argent et de scandale, qui dénudent leur mère pour montrer ses infirmités, et ne les trouvant pas assez laides, la couvrent de haillons ignobles, infects, qu'ils font payer aux imbéciles?

Pour être un journaliste libéral, tout ce qu'il y a de plus libéral, il ne suffit pas de regarder les mains et les poches de tout le monde, de violer tous les domiciles, de pénétrer dans les intimités de la vie privée, de rendre plus cruel ce qu'il insinue que ce qu'il n'ose pas imprimer, de vouer enfin tout et tous à la haine et au mépris, il faut encore se déclarer inviolable et défendre à ses collègues de dire de lui ce qu'il dit des autres.

Le vrai libéral veut bien injurier, calomnier l'univers entier, mais il ne permet pas qu'on lui

3.

emprunte ses armes pour s'en servir contre lui.
Il veut des écus et de l'encens, mais pas de
chiquenaudes. Il a parfaitement raison ; aussi,
quand on l'imite, il s'emporte, et s'il ne peut
pas rosser le garnement qui profite de la liberté
de la presse pour lui faire concurrence dans le
métier lucratif d'insulteur, il fait comme Rochefort, il tombe sur l'imprimeur. L'inviolabilité
du journaliste libéral, ne doit jamais être blessée
sans que quelqu'un en souffre ; ainsi l'exige le
libéralisme de la presse politique.

Un jour j'entendis dire : « — L'on est bien
maladroit de donner le piédestal de la persécu-
tion à ces écrivains qui n'ont d'autre mérite, —
comme écrivain, — que l'esprit des mots, celui
de la vanité, de la haine et surtout celui de se
faire une fortune avec l'honneur de ceux dont
ils souillent le caractère et les intentions. » Il est
vrai que le silence du mépris n'est pas toujours
facile à garder, et que si l'on savait se boucher
les oreilles, de temps à autre, on serait moins
assourdi par les cris de ceux qui ne crient que
pour être entendus. Voyez la *Cloche !* on ne lui
dit rien, eh bien ce mutisme prolongé la change
en *four*.

Ferragus trouvant que la *Lanterne* brillait d'un éclat pareil à celui de cent mille livres de rentes, voulut avoir son petit lampion. Hélas ! on ne ressuscite pas tous les jours les *Guêpes*, et Rochefort ne pouvait être copié, car il ne laissait rien à désirer dans son genre. Ferragus a gros ventre ; il n'accoucha pas d'un lampion, mais d'une lourde *Cloche* qu'il mettait péniblement en branle le samedi. Son ding-din-don monotone, diffus et confus, ne lui rapportait que le son désagréable d'une caisse médiocrement garnie.

Ah ! Ferragus, ne faites pas comme Mario qui veut toujours chanter, quoique depuis dix ans sa voix rappelle celle du canard ; croyez-moi, laissez en repos la corde de votre *Cloche*, elle est usée ; ne vous y pendez pas après. Mettez votre plume à la retraite et prenez le casque du pompier ; un casque à chenille vous convient mieux à présent que le crayon du critique.

Je pourrais donner un semblable conseil à Wolf, qui veut jouer le rôle de coq de la presse et qui reste poulet. Il parle trop de lui dans le *Figaro*. J'ai souvent entendu dire que ses affaires personnelles n'intéressaient pas plus le public que

son mauvais français, traduit du prussien, n'a-
musait ses lecteurs. Son langage parfois témoigne
que son bureau se trouve dans le voisinage des
Halles. Il traite ses adversaires dans des termes
et sur un ton auxquels nous n'étions pas habitués avant la lettre du 19 janvier. Il nous fait
sourire quand il s'attaque à M. Veuillot ; aussi
M. de Villemessant avait raison de lui dire —
« Wolf, tais-toi, tu n'es pas de force à lutter
contre ce colosse du journalisme. »

Je devrais passer sous silence messire Jean
Wallon, peu connu dans la presse, l'*Étendard*
n'étant pas lu. Mais il est trop agaçant, et,
comme bien d'autres, il ne prouve rien, à force
de trop prouver ; il dépasse le but sans l'at-
teindre. S'il est payé à tant la ligne, il doit avoir
gagné des sommes folles avec les seuls mots :
« ultramontains, ultramontanisme. »

Ce « dernier des Gallicans, » comme l'a bap-
tisé M. Guéroult, mange tous les soirs en deux
ou trois énormes colonnes d'incorrigibles ultramontains. Il fait comme le *Siècle* qui dépèce du
prêtre tous les matins à son déjeuner. M. Wallon
est rempli d'un saint respect pour le pape et
d'une sainte haine pour la cour de Rome. Il pa-

raît que le pape ne fait pas partie de sa cour.
Aussi, quelle gibelotte maître Jean ne fait-il
pas tous les jours avec les cardinaux, les congré-
gations romaines et tous les ultramontains du
globe !

La prodigieuse fécondité de M. Wallon est
admirable ; mais tous les jours de la gibelotte,
c'est trop. Messire Jean, changez un peu votre
sauce, les rares abonnés de l'*Étendard* se fati-
guent de votre cuisine et désertent votre restau-
rant, au grand déplaisir de M. Pic.

M. About fait profession d'insulter tout ce qui
est respectable, c'est-à-dire tout ce qu'il ne connaît pas, de mordre les mains qui lui donnèrent
du pain, celles qui mirent à sa boutonnière la
rosette de la Légion d'honneur, et de flétrir tout
pays qui lui donna l'hospitalité. M. About, fati-
gué de n'être qu'un homme de lettres, veut devenir quelque chose ; en ce moment il se con-
tenterait de la députation. Pour sortir du coin
obscur et peu estimé dans lequel l'ont relégué
ses tristes équipées politique, dramatique, morale, — immorale, veux-je dire — et littéraire,
il a secoué la poussière du *Moniteur* qui lui valut beaucoup d'écus et s'est enrolé sous la ban-

nière rouge déployée par le *Siècle*, l'*Opinion nationale*, etc.

Ses débuts dans cette nouvelle carrière sont dignes de son passé. Je m'étonne que le *Gaulois* ait consenti à lui servir de parrain ; mais le *Gaulois* débute aussi, et, quand on commence, on ne peut prétendre au succès que par le bruit, quel qu'il soit. M. About blasphème, naturellement, contre la religion, dont il ignore le premier mot, et qui gênerait sa carrière s'il la connaissait ; il attaque le gouvernement qui l'a comblé d'honneurs et de profits ; il bafoue le bon sens et la logique dans un infernal carillon de bêtises, et proclame M. Baudin un martyr dont les reliques sont d'une lucrative exploitation.

Comme le disait très-bien M. de Girardin ; « Mais il y a dix-sept ans que vous laissez dormir en paix ce brave représentant. En exhumant ses cendres de l'oubli, vous vous accusez vous-mêmes, vous en faites une arme de guerre ! » Pour des gens qui ont du sens commun, ces messieurs n'ont exhumé que des ficelles, et le Pouvoir aurait dû les leur laisser entre les mains ; elles étaient trop pourries pour servir et devenir dangereuses.

Dans mon *Histoire du Mexique* on trouve parmi les lettres de l'empereur Maximilien le passage suivant : — « Il faut renvoyer tous ces » jeunes gens à l'aspect chevaleresque et élégant, » à *l'air sauveur*, qui ne font que crier dans les » cafés et chevaucher sur les promenades publi- » ques. Tous ces incapables qu'on renvoie d'Eu- » rope, il faudra les rejeter de nos plages qui ne » doivent être hospitalières qu'aux hommes sé- » rieux et travailleurs. »

Cette peinture du fonctionnaire *sauveur* est surtout applicable aux journalistes sauveurs qui ne voient le salut pour la France que dans leurs doctrines. M. Prévost-Paradol nous offre un bel échantillon de cette catégorie de journalistes. On l'appelle M. Prévost-Paradoxe; il y a du vrai dans cette dénomination, mais il y a plus de fi- celles encore dans la politique de M. Paradol que de paradoxes.

Quand il doit publier un livre, il fait battre la grosse caisse, à point, pour faire vendre sa marchandise; il commet adroitement des indis- crétions, il donne une préface « corsée » aux journaux, et fait mouvoir toutes les ficelles de la réclame, pour que cinq ou six éditions soient

enlevées en quelques jours. Quand on réfute les
balourdises élégantes qu'il débite dans le *Journal
des Débats*, il devient grincheux. L'examen de
nos mœurs politiques par M. Giraudeau a été
pour lui un supplice. Ne sachant comment répondre, il nie la compétence du juge qui se pré-
sente pourtant avec un grand dossier, dans
lequel abonde la parole même de M. Prévost-
Paradol.

« D'où viennent ces lumières? dit-il à M. Giraudeau. Montrez-nous donc vos titres à cette
haute et mystérieuse fonction d'instituteur et
de médecin des peuples? D'où vous vient cette
sagesse supérieure, et comment, sorti du milieu de nous, vous proclamez-vous avec tant
d'autorité, capable d'amender nos mauvaises
mœurs? » Allons, monsieur Paradol, ne vous
fâchez pas, calmez-vous. Dame! on peut dire
quelquefois des sottises dans sa vie, et si vous
en dites beaucoup, on ne vous en fait pas un
crime, on vous les montre, voilà tout.

M. de Carné ne se fâche pas dans le *Français*, il se plaint, ou, pour mieux dire, il nous
plaint, ce qui est encore mieux de sa part. On
verra plus loin pourquoi. M. de Carné se drape

dans son manteau de 1830, car il aime surtout à poser. Cela ne lui réussit pas toujours, témoin l'anecdote suivante qui me fut racontée, il y a longtemps, par un témoin oculaire.

Comme Rachel, M. de Carné ne se consolait pas du naufrage de l'*Ami de la Religion*, dans lequel il écrivait. Il promenait, de très-mauvaise grâce, son deuil à travers les salons du noble faubourg; il avait un petit air digne, mais aigri, qui faisait très-bien dans le paysage. Un soir, accoudé sur la cheminée du salon de Mme D., il écoutait avec impatience les récits de chasse de Jules Gérard et semblait mortifié de n'être point le lion de la soirée. En effet, la société, sous le charme de la parole de notre célèbre chasseur de lions, ne s'apercevait pas de la présence de l'aristocratique écrivain. Contrarié d'être ainsi effacé par un lieutenant d'Afrique, M. de Carné lui dit d'un ton goguenard :

« — Vous avez donc tué bien des lions, monsieur Gérard ?

» — Et vous ? monsieur, » répondit le fier chasseur avec une écrasante bonhomie.

Ce « et vous ? » produisit un effet impossible

à décrire. On tira les mouchoirs de poche pour
cacher les sourires qui brillaient sur tous les
visages ; car enfin tout le monde n'a pas tué
quelques douzaines de lions dans sa vie, la
chasse aux moineaux étant généralement pré-
férée et reconnue moins dangereuse.

V

OU L'ON VOIT QUE LES ESPRITS FORTS FONT PREUVE
DE FORCE D'ESPRIT EN NIANT LES MIRACLES ET
CROYANT A LA FATALITÉ DU VENDREDI.

Avant de commencer ce livre, je venais d'en
terminer un, intitulé : *le Chemin des Femmes.*
Il avait pour but de prouver que la femme ne
pouvait être heureuse sans être honnête, et que
l'honnêteté n'était pas une force suffisante pour
rester honnête. Comme les gens qui ont le plus
besoin d'honneur et de religion ne lisent pas
les livres de morale et de religion, j'avais écrit
le mien de manière à ce qu'il fût lu de tout le
monde et particulièrement des personnes auxquelles la morale et la foi sont le plus nécessaires.

Mais les éditeurs sont comme les journalistes ;
ils sont même comme la censure ; il ne leur
suffit pas de voir un manuscrit signé par un
homme qui a fait ses preuves, pour accepter
ce manuscrit, ils le lisent pour savoir s'il est
dans leur « ligne, » c'est-à dire de leur couleur, et font faire quelquefois des coupures.
Les éditeurs catholiques, n'étant pas obligés
d'être des apôtres, trouvèrent mon livre excellent dans le fond, comblant une véritable lacune, mais trop léger dans la forme ; les éditeurs simplement littéraires en trouvèrent la
forme très-pittoresque, mais le fond trop moral
et trop religieux. Il vient enfin de trouver un
éditeur. En attendant sa publication, je puis en
extraire un chapitre et le refondre pour peindre
un caractère que je trouve assez répandu dans
la presse.

Dans le monde, et surtout parmi certains
journalistes, on voit une sorte d'animal herma-
phrodite, peu intéressant, très-vaniteux et très-
ridicule. Peu estimé, quoique fréquemment
encensé par les niais et les adorateurs de toute
platitude, il tend à se multiplier de jour en
jour ; c'est l'esprit fort, pauvre hère qui dérai-

sonne plus qu'il ne raisonne, se donne bien du mal pour accoucher d'une grosse bêtise et se faire moquer de lui.

L'esprit fort dit qu'il croit en Dieu, mais il agit comme s'il n'y croyait pas. Quant à la religion, aux prêtres, etc., tout cela est à peine bon pour les vieilles femmes. Sa religion est celle de ses fantaisies ; il croit instinctivement à la fatalité du vendredi, du sel renversé, des instruments tranchants qui coupent les amitiés, en un mot, à toutes les puérilités des esprits faibles auxquels la saine logique est inconnue. L'homme qui ne croit pas assez et raisonne trop et celui qui croit trop et ne raisonne pas assez sont également superstitieux.

La définition du Dieu des esprits forts est celle-ci : « C'est une loi autocréatrice, immuable, que l'on appelle Dieu, qui fut, est et sera toujours la même. Tout ce qui est n'existe que par cette loi. Elle n'a pas changé ni ne changera jamais. Elle n'a jamais été violée ni suspendue. En vertu de cette loi fixe, toute cause produit et produira toujours son effet logique, sans merci ni miséricorde. Elle n'a jamais détaché un effet de sa cause, ni par le pardon, ni par un miracle. »

C'est la négation de la plus belle prérogative
de Dieu : « la miséricorde, » manifestée par le
pardon de nos fautes au tribunal de la pénitence et par le miracle. Pour ne point m'écarter
de mon sujet, je ne répondrai pas à ces étranges
théories, mais je me permettrai quelques observations.

Puisque rien n'existe sans avoir été créé,
réglé par Dieu, comment le créateur et le législateur suprême peut-il cesser d'être le maître de
son œuvre et en devenir l'esclave? Pourquoi,
moi, journaliste, avocat, médecin, professeur
de n'importe quoi, employé n'importe où, moi
qui n'existais pas, auquel on ne pensait pas il y
a cinquante ans, qui n'existerai pas, auquel on
ne pensera plus dans cinquante ans, ne met-
trai-je pas des bornes à la puissance, à la volonté de Dieu?

Est-ce parce qu'il a créé le ciel et la terre, inventé le grain de blé, le premier œuf ou la première poule, donné des lois au mouvement des
astres et à tous les mondes? La belle affaire! De
quel droit pourrait-il créér la moindre petite
parenthèse, interrompre sa phrase, prévoir qu'à
tel moment il accentuerait sa puissance et sa

volonté par un acte préconçu, et ferait comme
nos mécaniciens, arrêter un engrenage pendant
une seconde, sans arrêter la machine, et dans
l'intérêt de cette machine?

L'esprit fort nie la bonté de Dieu manifestée
par le pardon de nos fautes, lorsque le regret de
ces fautes est accompagné de leur aveu et de la
résolution sincère de ne plus y retomber. La
raison de cette négation est double. La première est motivée sur le fâcheux exemple des
faux dévots qui, confondant la confession avec le
sacrement de pénitence, font de la confession
une limonade Roger, laquelle purge les intestins
mais ne donne pas la santé de l'âme. Après s'être
purgés, ces braves gens recommencent leur vie
usuelle, reprennent de la limonade et ne s'a-
mendent pas. La seconde raison se trouve dans
l'aversion des esprits forts pour la limonade, et
le changement de conduite.

Ils ne croient pas aux miracles, parce que la
crédulité populaire se laisse parfois duper, et
croit à des phénomènes religieux qui n'existent pas. Il me semble que les faux chignons et la
fausse monnaie prouvent qu'il y a de vrais cheveux et des écus de bon aloi. Mais les esprits forts

donnent souvent le change aux esprits faibles,
en faisant passer leur ignorance pour de la force
d'esprit. Savent-ils seulement en quoi consiste
un miracle? Se le sont-ils jamais demandé?

Le miracle est dans l'ordre moral un phénomène religieux, comme le phénomène est dans
l'ordre physique un miracle matériel. Le miracle est comme le phénomène un fait dont le
procédé au moyen duquel il s'opère, échappe
aux yeux, mais non point à notre intelligence ;
souvent, au contraire, nous voyons le fait, mais
nous ne comprenons point le procédé. La vapeur, l'électricité, le miroir, surface plane qui
donne l'idée de la profondeur, le germe sorti
d'une graine qui meurt et disparaît ne sont-ils
pas encore des faits dont la compréhension est
au-dessus de la portée de millions d'intelligences ?

Les esprits forts qui ont la prétention de ne
croire qu'aux démonstrations de la raison pour-
raient-ils me dire comment et pourquoi des
millions de graines, à peu près semblables, se-
més dans un peu d'argile, meurent et produisent
des germes, des tiges fibreuses, ligneuses, des
feuilles, des plantes, des arbustes, des arbres et

des fruits ne se ressemblant en aucune façon ?
Ne pouvant expliquer le procédé au moyen duquel s'opèrent ces miracles physiques, ils ont inventé les mots : « Lois de la nature. » Ce mot :
loi, n'implique-t-il pas l'existence d'un législateur qui a créé ces lois en créant la nature? Ne
pouvant comprendre les principes et les procédés de ces lois physiques, nous nous limitons
à les étiqueter telles qu'elles nous apparaissent.

Dans le phénomène religieux, le miracle ne
consiste pas dans la guérison instantanée d'un
malade, la résurrection d'un mort et tous les
phénomènes enregistrés dans les Évangiles ou la
Vie des saints, mais dans le procédé qui opère le
phénomène extérieur. En effet, de même qu'un
enfant n'a pas la compréhension d'un adulte,
qu'un être faible ne peut faire ce que fait un
hercule, de même l'Être infini n'agit pas comme
l'être fini, comme l'homme. Dieu étant infini,
ses attributs sont également infinis, ses actes ne
sauraient être finis, c'est-à-dire limités, que par
un miracle, un phénomène surnaturel que notre
intelligence, trop bornée, ne peut comprendre.

Le miracle religieux et le miracle physique,
c'est-à-dire le fait miraculeux, surnaturel, au-

dessus , non pas contre notre intelligence , ne
consistent donc pas dans le phénomène extérieur, celui que nous voyons, — ce phénomène
n'étant que la conséquence du miracle déjà
opéré par un agent quelconque, — mais dans le
procédé dont se sert le divin législateur pour
limiter un acte infini de sa toute-puissance à
l'éclosion d'un fait physique ou moral d'un caractère limité.

Ce qu'on appelle le culte des images, n'est
pas moins ridiculisé, ni mieux compris, que le
miracle. Les esprits malins , n'ayant guère la
capacité, le temps ou la volonté d'étudier ce
qu'ils critiquent, s'arrêtent aux surfaces et ne
voient pas que dans le monde intellectuel le
culte des images est poussé plus loin que dans
le monde religieux. Les statues, les images, les
médaillons de la Vierge et des saints sont des
représentations de personnages dont la vue nous
rappelle les vertus et nous engage à les imiter.
Les reliques ne sont que de précieux souvenirs
de ces mêmes personnages. Si nous nous age-
nouillons devant ces images et ces reliques, c'est
que cette posture est celle qui convient le mieux
à la prière. Pour le catholique, les saints ne sont

pas seulement des modèles qu'il faut imiter, mais encore des interprètes et des intermédiaires auprès de Dieu.

Dans la société, les statues, les bustes, les portraits, les médaillons, les photographies sont également des représentations, comme les mèches de cheveux, les autographes, etc., sont des souvenirs, dont le culte, plus ou moins stérile pour l'amélioration de nos mœurs et de notre caractère, est une simple satisfaction personnelle. Ni l'un ni l'autre de ces deux cultes ne prêtent au ridicule ; mais le premier est d'une utilité pratique, sociale et religieuse, tandis que le second, sans aucune portée sérieuse, est purement platonique et sentimental.

L'esprit fort, trouvant gênantes les pratiques religieuses, n'a point la puérilité de prier Dieu, d'aller à l'église et de contrôler ses passions, mais il se gêne et se met à la torture pour plaire au monde qui s'amuse à ses dépens. Aimer Dieu, c'est aimer la vertu, c'est être chrétien ; or, y a-t-il rien de plus absurde et de plus despotique que le christianisme, cette philosophie de l'autre monde ? S'agenouiller matin et soir pendant quelques minutes pour demander à Dieu de nous bénir, de nous protéger, de protéger et de bénir ceux que nous aimons ; aller le dimanche une demi-heure dans son temple lui rendre une visite et le prier de veiller sur notre bonheur, de nous purifier par le repentir, si nous avons souillé notre âme, nous fortifier dans la vertu par les moyens qu'il a institués, ne sont-ce pas des exigences et des monstruosités qui révoltent la raison ?

Tandis que le monde, que demande-t-il ? Il veut simplement qu'on l'amuse toujours par nos ridicules, nos scandales, nos sourires, — lors même que nous avons envie de pleurer ; — il veut que le jour nous nous mettions en frais pour aller nous ennuyer dans ses salons à heures fixes, que la nuit nous allions étouffer dans ses cohues ; il veut que nous soyons d'aimables acteurs, jouant sans cesse un rôle agréable, pour son agrément ; il veut que nous lui donnions notre temps, notre repos, notre argent, notre santé, notre dignité, notre bonheur ; mais si nous avons des chagrins, des besoins, des ennuis, il nous dira :

— Cherchez ailleurs des consolations ; la vue des larmes me fatigue, m'agace, me fait mal.

En effet, le monde n'aime pas, ne sait pas et

ne veut pas aider ceux qui ont besoin, consoler ceux qui souffrent, détromper ceux qu'on abuse, relever ceux qui tombent et pleurer ceux qui meurent. Si l'esprit fort faisait pour Dieu le quart des sacrifices qu'il fait pour le monde, il serait un chrétien parfait; si, pour être honnête, vertueux, heureux dans ce monde et dans l'autre, il se donnait le quart de la peine qu'il se donne pour être ou paraître déshonnête, débauché, ridicule, absurde, antipathique aux yeux de Dieu comme aux yeux des hommes, il serait un saint à coucher sur tous les calendriers du globe.

Les esprits forts, comme les caractères faibles, n'ont pas assez de force d'esprit et de courage pour se rendre heureux; les uns et les autres ont le talent ou la faiblesse de se faire les esclaves de tout et de tous, à commencer d'eux-mêmes, et de mener une existence fatigante, moralement misérable et tourmentée. Subjugués par trop d'orgueil ou trop de lâcheté, ils n'ont pas le bon sens et l'énergie nécessaires pour se donner le calme, l'indépendance et le bonheur des grandes âmes; ce serait pourtant plus facile et plus digne que de se donner tant de peine pour être malheureux.

4.

Dans les cafés d'Italie, quand on demande une demi-tasse, le garçon répond : *subito,* — tout de suite, sur l'air de : *boum !* — et reste une heure pour la servir. L'esprit fort est comme ces garçons-là ; quand la logique et le bonheur viennent frapper à sa porte, il répond : On y va! mais il ne se presse pas d'ouvrir, et quand il ouvre, c'est trop tard, les visiteurs sont partis.

VI

OU L'ON VERRA QUE TOUT LE MONDE PORTE DES
SOULIERS MAIS QUE TOUS LES SOULIERS NE VONT
PAS A TOUS LES PIEDS.

De tous les journalistes ceux qui m'amusent
le moins, ce sont les égalitaires. Pour la France
qu'ils ne connaissent pas, et pour les autres pays
qu'ils connaissent moins encore, ils voudraient
qu'on adoptât le même vêtement, le même langage et la même religion. Pour eux les hommes
sont partout les mêmes ; ils ont la même stature,
les mêmes besoins et les mêmes aptitudes. L'Esquimau doit-il se déshabiller comme le Cafre ou
le Cafre s'habiller comme l'Esquimau ? Voilà ce
qu'ils ne nous disent pas !

Quant à nous Français, nous devons suivre

le patron de l'Angleterre, des États-Unis, de la
Belgique et de la Suisse; ce sont quatre modèles
que nous devons avoir constamment sous les
yeux. Les égalitaires ne s'accordent pas avec les
chauvins qui citent avec orgueil la révolution
de 89, s'imaginant que nous donnons le ton aux
autres peuples et que notre exemple transforme
les nations civilisées, depuis plus d'un demi-
siècle.

Ici, ce ne sont plus les ficelles .des partis
qu'il faut admirer dans ces raisonnements, mais
l'ignorance et l'absurdité de ces écrivains.
Comme pour la question des tabacs, ils devraient
bien aller s'établir un ou deux dans ces quatre
pays modèles pour étudier leur administration
intérieure et jouir de leurs libertés. Ils change-
raient drôlement de langage au retour. Avant de
répondre à ces affirmations burlesques, je citerai
quelques passages des *Considérations politiques
et militaires sur la Suisse*, publiées en 1833 par
le Prince Louis Napoléon, et qui sont encore
d'une stricte exactitude, sauf le chiffre des populations qui est augmenté.

« Il est impossible, dit le Prince, de reconnaître un système bon pour tous les peuples, et

vouloir étendre indistinctement à tous les mêmes institutions est une idée fausse et malheureuse. Chaque nation a ses mœurs, ses habitudes, sa langue, sa religion ; chacune a son caractère particulier, un intérêt différent qui dépend de sa position géographique ou de sa statistique. S'il y a des maximes bonnes pour tous les peuples, il n'y a pas de système bon pour tous.

» Suivant les besoins du moment, les hommes tournent leurs regards ou vers le passé ou vers l'exemple d'un peuple étranger. S'ils se bornaient à n'imiter chez leurs voisins que les institutions qui peuvent leur convenir, ils ne suivraient en cela que les lois de la sagesse ; mais trop souvent quand on copie on adopte jusqu'aux défauts.

» En 1815, on ne rêvait en France que le gouvernement anglais ; aujourd'hui on ne rêve que le gouvernement américain, quoique nous ne soyons ni Anglais ni Américains. Nous ne sommes pas Anglais, parce que, depuis 89, nous n'avons plus d'aristocratie, parce que nous ne sommes pas entourés d'une mer qui, à elle seule, protége notre indépendance, parce que nous n'avons ni les mêmes mœurs, ni le même climat, ni le même caractère, ni les mêmes défauts, ni par conséquent les mêmes besoins.

» Nous ne sommes pas non plus Américains, parce que nous sommes trente-deux millions d'hommes pour vingt mille lieues carrées, tandis que les États-Unis en ont dix millions sur deux cent mille lieues carrées, parce que l'Amérique est un pays neuf, où les terres à exploiter sont immenses et où toutes les facultés se portent vers le commerce et l'agriculture, parce qu'elle n'a pas ces populations industrielles dont l'existence précaire est un sujet de crainte et de difficulté pour tout gouvernement en France, ni ces partis acharnés qui, oubliant qu'ils sont fils d'une même patrie, se haïssent mutuellement et ébranlent sans cesse le gouvernement pour le remplacer par un autre plus en rapport avec leurs opinions et leurs intérêts, parce qu'enfin les États-Unis n'ont pas autour d'eux des voisins inquiets et redoutables, qui hérissent de baïonnettes la frontière dès que le mot de liberté a retenti à leurs oreilles. »

Il en est des peuples comme des individus; chacun a sa taille, ses inclinations, ses habitudes, son mode d'être et de vivre. Donner à un

nain le paletot d'un géant, c'est l'accoutrer aussi
ridiculement que de donner à un géant le paletot d'un nain. Tout le monde porte des souliers,
mais tous les souliers ne conviennent pas à tous
les pieds, comme tous les gouvernements ne
conviennent pas à tous les peuples. Les essais
faits dans ce genre ont été très-malheureux, et
les républiques espagnoles en sont un exemple
des plus déplorables. Voilà près d'un demi-siècle
qu'on a voulu habiller à la républicaine des populations monarchistes; voilà près d'un demi-
siècle que ces populations s'égorgent, couvrent
leur pays de ruines et de sang, et s'éteignent
dans l'impuissance.

Le gouvernement de plusieurs ou de beaucoup, comme aux États-Unis, en Angleterre, en
Belgique, en Suisse, est-il préférable pour la
France au gouvernement d'un seul, mitigé par
des Chambres, comme nous l'avons? A cette
question je répondrai d'abord que lorsque deux
ou plusieurs peuples se trouvent dans des conditions identiques, la même forme de gouvernement peut leur être également appliquée; mais
lorsque cette identité de conditions n'existe pas,
la même forme politique ne saurait produire les

mêmes résultats. Ceci est aussi naturel qu'il
est naturel qu'un oranger de Malte, transporté
à Bruxelles, produise des oranges aigres et dé-
périsse, tandis qu'à Malte il produisait des
oranges douces et prospérait.

Ensuite, j'ajouterai que si les Français ont
quelque analogie avec les Belges et les Suisses,
— car ils n'en ont aucune avec les Anglais et les
Américains, — cette analogie laisse pourtant
subsister des différences essentielles, aussi considérables que celles de la statistique. Au reste,
une population de cinq à six millions d'âmes,
enfermée dans un cercle restreint, qui n'a besoin de force armée que pour sa police intérieure, et dont l'intégrité territoriale est garantie
par l'Europe entière, ne peut offrir les exigences
et les difficultés d'une population de trente-sept
millions d'âmes répandue sur une grande surface.

Les Anglais, il est vrai, sont à la tête du
monde industriel et commercial, mais au point
de vue politique et social, ils sont encore ce
qu'ils étaient il y a deux siècles. Ils ont conservé
leurs vieilles institutions, leur vieille intolérance, leurs vieilles perruques, leurs vieux car-

rosses, leur inégalité sociale, le despotisme nobiliaire, le despotisme financier et l'ostracisme
du peuple dans le gouvernement, qui ont créé le
paupérisme, cette ignoble plaie de l'Angleterre,
que nous ne connaissons pas en France. Les
bonnes institutions anglaises sont largement dé-
passées par les mauvaises, contre lesquelles nous
avons fait la révolution de 89.

De nos jours nous voyons les obstacles immenses qui s'opposent à l'adoption des lois de
réformes préconisées par M. Gladstone, et nous
entendons des orateurs du Parlement déclarer
que « Tout ce qu'ont fait nos ancêtres depuis six
siècles est fort bien et ne doit pas être changé. »
Depuis Richard III, et même depuis Henri VIII
et Cromwell, le monde a bien marché. L'Angleterre finira par donner une part au peuple
dans le gouvernement de ses affaires, sinon le
peuple la prendra, comme il l'a fait chez nous.

Quant aux États-Unis, on commence à comprendre qu'ils ne sauraient être comparés à rien,
et qu'on ne peut les prendre en rien comme modèles. Les libertés enregistrées dans leur constitution, sont devenues, depuis Jackson, des
théories impuissantes ; l'arbitraire et la corrup-

5

tion y règnent en tout et partout. J'en donnerai
quelques preuves plus loin, en citant des faits.
Les faits sont plus éloquents que les meilleurs
discours. En passant, je puis néanmoins, par
anticipation, corroborer ces assertions par un
souvenir.

Un révolutionnaire napolitain, d'une grande
famille de Naples, vint, à la suite d'une conspiration, se réfugier à la Nouvelle-Orléans. Au
bout d'un an de séjour dans cette ville, il écrivit
au vieux roi Bomba la lettre suivante :

« Sire. — Ouvrez vos prisons politiques, en-
» voyez aux États-Unis tous les conspirateurs et
» les républicains comme moi, qui ont voulu
» renverser votre trône. Après une année passée
» dans cette fameuse république, ils vous revien-
» dront tous plus monarchistes que Votre Ma-
» jesté, etc. »

Le gouvernement de beaucoup, dans ces pays,
a cela de particulier : la politique étant subor-
donnée aux intérêts du parti qui gouverne, et
les gouvernants représentant des intérêts matériels considérables, l'opposition se borne à défendre les intérêts généraux du pays ou de ses
commettants, lésés par les intérêts restreints des

hommes du pouvoir. La politique n'est abordée que lorsqu'elle a des liens plus ou moins directs avec les questions industrielles ou commerciales.

Ainsi, aux États-Unis, le Sud s'est révolté, non pas pour la question d'esclavage, comme la presse radicale a voulu le faire croire en France, mais pour une question de douane. Le Sud étant producteur et le Nord manufacturier, le Sud voulait un abaissement de tarif sur l'exportation de ses produits, et le Nord voulait en conserver le monopole aux dépens des intérêts des producteurs. Cette lutte d'intérêts opposés ne pouvait être tranchée que par le triomphe au congrès de l'un ou de l'autre parti, dans les questions électorales, ou par la guerre, dans le cas où les représentants du Nord et du Sud seraient à peu près d'égale force.

L'épée tranche parfois ces sortes de questions, mais elle ne les tue pas; elles reparaissent tôt ou tard plus formidables que jamais; c'est pourquoi le Nord veut maintenir le Sud en tutelle, je dis plus, sous ses pieds, car, si les sudistes devenaient les plus forts au congrès, nous aurions immédiatement, sinon la liberté de commerce, au moins l'abaissement des tarifs douaniers.

Cette liberté écraserait le Nord : cet abaissement ruinerait son industrie au profit du Sud et de l'Europe entière. De part et d'autre, les mots constitution, droits et libertés, voilent des intérêts privés et cachent des ficelles.

En Belgique, la question des charbons, des fers et des manufactures prime toutes les autres. La politique conservatrice ou libérale est dans les houilles, les mines et les bobines.

En Angleterre, elle est dans le fanatisme protestant, aussi vivace aujourd'hui qu'il l'était sous la reine Élisabeth. Il faut chercher la politique des conservateurs anglais dans les millions payés annuellement par les catholiques aux ministres protestants. L'indépendance de l'Église catholique dans la Grande-Bretagne, c'est l'abandon de ces millions. La réforme électorale, prêchée par les whigs, a moins pour but d'introduire la vie politique dans les classes inférieures de la société que d'enlever à l'aristocratie nobiliaire ou financière le monopole des élections.

Le gouvernement de beaucoup, dans ces contrées, toujours citées par les égalitaires comme des modèles, n'a donc d'autre effet que celui de sacrifier les deux tiers de la nation aux intérêts de quelques-uns. Leurs constitutions et leurs libertés n'empêchent pas l'arbitraire des gouvernements, ni les gouvernés de mourir de faim, comme en Angleterre, ou de s'étioler dans la misère, comme aux États-Unis et en Belgique.

En France, le gouvernement constitutionnel, quand les Chambres gouvernent autant ou plus que le souverain, a cela de déplorable, que la politique primant dans les discussions parlementaires les intérêts généraux du pays, ces intérêts sont plus ou moins sacrifiés à la politique. Aussi, nos Chambres ne sont pas plus respectées à l'intérieur qu'admirées à l'extérieur. Elles passionnent les esprits comme les éloquents plaidoyers de nos causes criminelles, mais elles n'ont pas l'estime du peuple qui trouve qu'on parle trop et qu'on n'agit pas assez, qu'on s'occupe trop de l'Italie, de la Prusse, de l'Angleterre, et pas assez des moyens de diminuer les impôts, des réformes administratives à faire et des intérêts de la France.

Le gouvernement de beaucoup peut flatter l'amour-propre et développer les ambitions; chacun espère devenir représentant, ministre ou président, mais ce régime n'est pas plus expéditif

dans les affaires, et s'inquiète moins du bien-
être et de la dignité des masses que le gouvernement d'un seul.

Comme le disait Santa-Anna : « — Il n'y a pas
» de gouvernement absolument bon, il n'y en a
» pas d'absolument mauvais. » Les gouvernements parfaits n'existent pas et n'existeront jamais, pas plus que les peuples et les hommes
parfaits. L'opposition, sous tous les régimes et
dans tous les pays du monde, a demandé la perfection au pouvoir qu'elle combattait, et quand
ces gourmands saisissaient ce pouvoir, ils ont
fait comme tous leurs précédesseurs, ils nous
ont donné la perfection sous la forme la plus
imparfaite qu'on puisse imaginer. Gouvernements monarchistes, autocrates, constitutionnels,
républicains, tous ont été attaqués par les uns,
admirés par les autres. On peut se convaincre
de cette vérité vulgaire en lisant les journaux
américains, anglais, allemands, belges, espagnols, italiens, etc., tous révèlent un mécontentement plus ou moins général vis-à-vis du
pouvoir qui les gouverne, tous ont des éloges
pour ceux qui ne les gouvernent pas. Dans la
critique des uns et la louange des autres on voit

plus de ficelles et d'ignorance que des convictions et de la bonne foi.

. Ceux qui crient le plus fort finissent toujours
par se faire entendre. En fouillant bien dans
leur conscience politique, on trouve peu de
convictions, beaucoup d'opinions lucratives, et
surtout des rancunes et des intérêts personnels.
De loin, ces Jérémies qui roulent carrosse, ces
apôtres de l'opposition quand même, nous sem-
blent des ballons gonflés par de puissantes poitrines, mais de près, on ne voit que petites
ficelles, tirées par de petites passions pour mettre
au monde de petites choses.

Chaque jour nous entendons dire que « la
cuisine impériale est détestable » — *sic* — et que
le coq gaulois ou le bonnet phrygien feraient
bien mieux notre affaire. Oui, c'est entendu, le
gouvernement actuel ne sait pas faire le moindre
miroton, tandis que MM. Thiers, Jules Favre,
Dufaure, etc., nous ont fait de l'excellente
bouille-abaisse ; seulement, ils l'ont trop poivrée,
si poivrée qu'elle nous emportait le palais, tout
en les emportant eux-mêmes. Ces messieurs ont
oublié la force de leur ragoût, ils voudraient
nous en faire encore manger, mais la France a

meilleure mémoire, elle ne se sent point d'appétit pour de telles épices.

Pourquoi ne se regardent-ils pas dans le mi-.
roir du passé? Ils verraient que le bonnet de
papier du marmiton ne leur convient pas du
tout et qu'ils feraient mieux d'employer leurs
talents indiscutables, indiscutés, à plaider les
intérêts de leurs clients qu'à diriger leurs affaires! « Quand on veut se débarrasser d'un cheval,
on dit qu'il est morveux, » affirme un proverbe;
pour l'opposition tous les gouvernements sont
comme le cheval de ce proverbe, mais la France
ayant toujours fait un marché de dupe avec les
émeutiers, elle n'en veut plus faire, et c'est ce
qui les met en fureur. Ficelles! toujours des ficelles!

VII

DES RAPPORTS ÉDIFIANTS, INTIMES ET PRODUCTIFS
ENTRE LA GROSSE CAISSE ET LES FICELLES DE
LA PRESSE.

De tous les Jérémies de la presse, les anglomanes sont les plus monotones et les moins de
bonne foi, car on ne peut pas supposer que
MM. Thiers, Prévost-Paradol, Laboulaye et
quelques autres ne savent pas l'anglais et ne
lisent jamais le *Times*. Au mois de novembre
dernier, M. Bright vociférait publiquement dans
un meeting à Birmingham contre ce qu'il appelle « le vote de la minorité. » Le grand agita-
teur protestant disait dans cette assemblée : « Ce
que nos ancêtres ont fait depuis six cents ans est
fort bien et nous devons continuer leurs traditions. »

5.

Nos anglomanes savent mieux ce qui se passe
en Angleterre que les Anglais eux-mêmes et ne
craignent pas d'affirmer que depuis un demi-
siècle, « aucun peuple n'a fait de réformes plus
hardies et plus radicales que le peuple anglais. »
Puis, pour corroborer cette affirmation démentie
par l'histoire, ils nous disent qu'il a le premier
aboli l'esclavage, sans réfléchir que cet acte n'est
venu que longtemps après celui de la république et pour contre-balancer l'œuvre philanthro-
pique de la France. N'est-ce pas nous aussi qui
avons introduit parmi les Anglais la question
sociale qui leur fit modifier leur « acte de navi-
gation ? » N'est-ce pas aussi notre suffrage universel qui les pousse aujourd'hui dans la réforme
électorale ?

On nous dit toujours d'imiter l'Angleterre, et
pourtant chacun de ses progrès lui vient de la
France ! Si le règne de la démocratie est un progrès social, ce n'est certes pas en Angleterre où
nos anglomanes iront le chercher ; mais la démocratie pour eux comme pour nos libéraux
n'est pas dans la plus grande part possible de la
nation au choix de ses fonctionnaires et de son
gouvernement, elle est dans la forme du gouver-

nement, et cette forme, le peuple en France n'en veut pas. Voilà pourquoi M. Quinet et ses amis disent que les peuples n'ont point « conscience de cette mort de leur conscience. » Si les peuples mettaient ces messieurs au pouvoir, la conscience des peuples serait ressuscitée. Oh ! ficelles !

Cela n'empêche pourtant pas le *Journal des Débats*, le plus anglomane des journaux, avec le *Temps*, d'avouer, à propos du fénianisme, que « le cabinet Disraéli a montré par son hésitation, par ses avances même, par son désir évident de transiger, qu'il était prêt à faire, *pour rester au pouvoir*, autant de sacrifices d'opinion, de conscience et de dignité personnelle que ses adversaires pour y monter. » Voilà de beaux modèles qu'on nous propose.

La lutte de la Chambre des communes contre celle des lords dans la question électorale et celle de la liberté religieuse, nous révèlent que le régime parlementaire, tel qu'il est dans la Grande-Bretagne, n'est plus assez solide pour résister au mouvement démocratique et libéral donné par la France à tous les peuples. L'axiome « le roi règne mais ne gouverne pas, » devient inappli-

cable en présence de ce mouvement ; il cache le
régime libéro-féodal comme en Angleterre, l'a-
narchie constitutionnelle comme sous la Restauration et la Monarchie de Juillet, il cache surtout une situation insuffisante et transitoire. Avec
les idées modernes, un pouvoir partagé par deux
ou trois cents personnes est trop affaibli pour
diriger un peuple dans la voie du progrès politique, social et des saines libertés.

On s'est beaucoup moqué de cette figure de
rhétorique si fréquemment employée : « l'hydre
de la Révolution. » Si l'hydre n'avait que des
queues, elle ne serait pas révolutionnaire, mais
elle a trop de têtes. Trop de têtes gouvernent
mal un ménage, elles gouvernent encore plus
mal une nation. Chacun veut gouverner à sa
fantaisie, et quand il n'y a pas une volonté suprême incontestée , « le char de l'État navi-
gue alors sur un volcan , » comme disait
M. Prudhomme. Ces deux ou trois cents représentants sont nécessaires pour éclairer le souverain sur les aspirations et les nécessités du peuple , mais ils sont trop irresponsables pour
substituer leur volonté à celle du chef de l'É-
tat.

La responsabilité ne doit être pas plus délayée
que le pouvoir, pour ne pas devenir insaisis-
sable. Dans une famille, comme dans un État,
il faudra toujours un chef responsable et diri-
geant pour bien gouverner. La responsabilité
ministérielle est un leurre qui n'enfante que la
chasse aux portefeuilles, comme la Monarchie
de Juillet et l'Angleterre nous en ont offert de
si nombreux et de si tristes exemples. Depuis
quelques années, la responsabilité ministérielle
devient chez nous une ficelle que l'opposition
fait jouer pour faire du second empire ce qu'elle
a fait de la Monarchie en 1830 et en 1848.

M. Louis Blanc nous donne de temps à autre,
sur l'Angleterre, des aperçus qui doivent beaucoup gêner nos anglomanes, car ces aperçus
prouvent que nous attribuons aux institutions
anglaises des qualités purement personnelles au
peuple anglais ; ils prouvent, en outre, que l'a-
ristocratique Angleterre puise chez nous ses institutions libérales, mais qu'elle a beaucoup de
peine à les faire adopter par ses Chambres. On
a vu qu'elle n'avait pas encore la liberté de conscience que M. Gladstone et ses amis veulent introduire dans la Grande-Bretagne, M. Louis

Blanc nous apprend qu'elle n'a pas encore une justice sérieuse, impartiale. Écoutons-le :

« Dès qu'une personne accusée devant une cour criminelle a choisi un avocat, la parole lui est absolument interdite ; c'est par les lèvres de son avocat que doit passer tout ce qu'elle peut avoir à dire pour sa défense ; et comme, d'autre part, celui-ci ne saurait introduire dans sa plaidoirie que des arguments appuyés sur un témoignage, il en résulte que si, par hasard, la découverte de la vérité dépend de la révélation de certains faits que l'accusé seul connaît, la lumière reste sous le boisseau.

» En France, lorsqu'il y a eu crime ou délit, on part de ce principe, que la découverte du coupable et son châtiment intéressent la société tout entière, et doivent, par conséquent, être poursuivis en son nom par un fonctionnaire public désigné à cet effet. De là, l'institution du ministère public.

» En Angleterre, où la doctrine de chacun pour soi est la doctrine dominante, le soin de pourvoir à la répression d'un délit regarde en général la partie lésée. Ce système a des inconvénients fort graves, et de plus d'une espèce. La

poursuite étant très-onéreuse, ceux qui ont souf-
fert du délit, quand ils sont pauvres, n'ont souvent rien de mieux à faire que de laisser échapper le coupable ou, si c'est possible, d'entrer en
composition avec lui. C'est-à-dire que les riches
seuls peuvent se faire rendre justice.

» Aussi l'établissement d'une institution ana-
logue à celle de notre ministère public a-t-elle
été maintes fois réclamée ici par des légistes dis-
tingués, par lord Brougham et lord Campbell,
notamment. Sous le rapport judiciaire et au point
de vue social, nul doute qu'une institution de
ce genre ne fût désirable. »

Certainement, le peuple anglais et quelques
légistes intègres voudraient bien avoir l'égalité
dans la justice ainsi que les libertés qu'ils n'ont
pas et que nous avons depuis longtemps ; mais
quand on voit combien la liberté de conscience, cette première des libertés, a de la
peine à s'introduire chez nos voisins, il est à
présumer que l'Angleterre sera pour nous, longtemps encore, un modèle des plus incomplets et
des moins parfaits.

M. Louis Blanc blâme les lacunes regrettables
qu'il trouve dans la justice en Angleterre, M. Pré-

vost-Paradol agit autrement ; il approuve, il s'ex-
tasie sur la corruption dans les élections soit en
Angleterre, soit aux États-Unis.

A propos de cet autre modèle qu'on offre sans
cesse à notre admiration, je ne parlerai pas de
ce juge américain qui buvait en plein cabaret :
« A la santé de la justice modifiée selon les circonstances ; » je ne dirai rien de mes propres
observations, je citerai seulement les paroles de
M. Prévost-Paradol, l'un des plus doucereux
anglomanes du *Journal des Débats*. Voici les faits
qu'il nous prie d'imiter et qui se sont passés aux
États-Unis à chaque élection importante, comme
ils s'y passeront encore.

« Il n'y a pas une maison qui n'ait été visitée,
pas un électeur qui n'ait été flatté, supplié ou
menacé par les agents d'élection... Les deux partis ne se font pas faute d'user de fraude ; aussi
est-ce sur ce point un assaut d'habileté des plus
remarquables. » Ce, mot est ici synonyme d'ad-
mirables.

» L'achat individuel des votants est une puérilité coûteuse qui ne peut mener à rien. Aussi,
ce trafic est-il devenu très-rare, et *l'on achète* de
préférence ceux qui président au scrutin ou qui

ont de l'autorité sur les électeurs, c'est-à-dire ceux qui remplissent à peu près le même rôle que nos maires et nos gardes champêtres.

» La *colonisation* est l'établissement passager dans une section douteuse de faux électeurs, qui éludent la condition de la résidence antérieure au scrutin, et qui, avec la connivence assez fréquente des membres du bureau, votent pour les absents et pour les morts.

» Quant aux *repeaters*, qui sont en effet des espèces de *revolvers* à voter, ils vont d'une section à l'autre, et votent le plus souvent possible dans la journée.

» Les deux partis envoient naturellement leurs surveillants pour prévenir ou déjouer les fraudes de l'adversaire ; mais comme tout le monde s'applique avec un zèle égal à corrompre ou à enivrer les surveillants de l'ennemi, cette double précaution devient inutile, et, en général, la proportion des fraudes commises avec succès dans les deux camps s'égalise et se compense avec assez *d'équité*. » Le mot est joli.

C'est à peu près le même tableau que j'avais déjà tracé dans mon *Journal d'un Missionnaire ;* sauf les éloges que M. Paradol donne à la fraude,

à la corruption et aux violences signalées dans
toutes les élections américaines. Une seule chose
me paraît étrange dans ces sentiments de nos anglomanes, comment peuvent-ils ensuite accuser
le gouvernement français d'acheter « en bloc le
vote de tout un village » par des « promesses de
secours ou de travaux ? » Supposons que ces promesses ne soient pas des ficelles de l'opposition
mais bien des réalités, se passe-t-il jamais en
France la centième partie des faits qui méritent
les louanges de l'opposition lorsqu'ils se passent
en Amérique et qui changent la sincérité du
vote en un véritable tour d'escamotage ?

Aussi, les journaux américains sont-ils éton-
nés d'entendre le langage des nôtres et de lire
les absurdités que nos Jérémies et nos anglomanes
nes débitent avec l'assurance d'hommes qui
savent qu'ils ne seront pas contredits. Néanmoins, la pudeur américaine en est parfois cho-
quée, et le *Boston Post* du 27 septembre 1867
ne fait que dire en termes modérés ce que d'autres disent en termes plus accentués : « Je n'ai
jamais lu, dit-il, dans aucun journal américain
ou anglais, même à l'approche des élections,
des articles aussi personnels, aussi indécents

que ceux publiés par les journaux français. »

La libre Amérique nous offre bien d'autres exemples que M. Paradol passe sous un prudent silence et que nous trouvons dans les *Faits divers* suivants : — *Boston Post*, 2 septembre 1867. « Le général Pope a supprimé *l'Albany News* parce que cette feuille répandait des opinions séditieuses, c'est-à-dire parce qu'elle accusait le général d'outre-passer ses pouvoirs. »

En France un général n'a pas, comme aux États-Unis, la liberté de supprimer un journal, et le gouvernement même ne peut pas le supprimer du jour au lendemain. Avant la suppression, il fallait passer autrefois par les avertissements, aujourd'hui il faut être condamné par un jugement. Aux États-Unis les généraux font mieux encore que de supprimer brusquement les journaux par le droit du sabre, ils emprisonnent aussi les journalistes, sans autre forme de procès.

— *New-York Times*, 15 novembre 1867. « Le major Mac Cardle, rédacteur du *Wicksburg Times*, a été arrêté par ordre du général Ord pour avoir obstrué la reconstruction, dit-on, mais en réalité pour avoir dénoncé certaines mesures arbitraires. »

—*World*, 8 février 1868. « Le rapport annuel de la police de New-York nous apprend que, dans le courant de l'année 1867, on a arrêté dans cette ville trente rédacteurs en chef et quarante-deux nouvellistes... Dans le district — faubourg — de Brooklyn, deux rédacteurs en chef et quatorze nouvellistes ont été incarcérés. »

Que ces nombreuses arrestations dans une seule ville soient le fait d'actes arbitraires de l'autorité ou de la démoralisation de la presse américaine, ce pays n'en reste pas moins pour nous un drôle de modèle. Faut-il l'imiter aussi dans ses taxes écrasantes qui vont jusqu'à mettre des timbres de deux *cents*—dix centimes—sur une boîte d'allumettes? et sur les peines corporelles qui n'ont pas été supprimées depuis la publication de mon *Journal d'un missionnaire*, car je lis dans le *Semi-Weekly Times* du 26 mars 1868 :
— « Samedi dernier, les individus dont les noms suivent ont été mis au pilori et fouettés selon la coutume : H. Mac-Manus, 20 coups de fouet; W. Pickeric, 30; W. Since, 20; J. Parker, 30; L. Tailor, 20; J. Boyer, 20. Ensemble 140 coups de fouets qui, multipliés par les neuf lanières du « chat à neuf queues, » donnent un

total de 1260 coups pour la récréation des curieux durant une seule après-midi. »

Aux États-Unis, le knout est remplacé par le
fouet à une ou plusieurs lanières ou la cravache
en nerf de bœuf, selon l'habitude de chaque
Etat. J'ai vu flageller de la sorte des malheureux
qui n'offraient plus au douzième coup qu'une
masse inerte, bleuâtre, violacée, plaintive, qu'on
transportait mourante à l'hôpital. Les Russes
sont des barbares, disent nos journalistes radicaux en pensant au knout ; quant aux Américains..., ils seront toujours le type du progrès,
de la civilisation et de la liberté, comme nos anglomanes sont le type de la science, de la logique
et de la sincérité !

Mais terminons ce chapitre par l'esquisse d'autres visages de la presse. En dehors des martyrs,
des coqs, des égalitaires et des anglomanes, on
voit dans le journalisme le secrétaire de la rédaction qui signe toutes les tartines dont les auteurs ne veulent pas être connus ou dont l'ori-
gine doit rester ignorée, les nouvellistes en quête
des faits intéressants, les convaincus, les effacés,
et ceux que j'appellerai les *réclamistes*, chargés
des réclames sous une forme quelconque.

Les *convaincus* sont de simples rédacteurs, des sortes de dilettanti payés ou non payés qui n'écrivent que ce qu'ils pensent ; ils constituent la partie honorable et vraiment digne du journalisme. A Paris, ils ne sont pas communs, mais ils existent, et, si je ne les nomme pas, c'est que je n'ai pas le droit de scruter la conscience des autres et de les stigmatiser en les classant parmi ceux qui n'ont d'autre opinion que l'opinion productive. En province, les convaincus sont très-nombreux ; leurs convictions ne sont point toujours improductives, mais elles n'en sont pas moins sincères et respectables.

Les *effacés* sont ceux qui, par des raisons personnelles, signent leurs articles d'un pseudonyme. C'est parmi cette classe de journalistes que l'on trouve le plus grand nombre de convaincus, les plumes les plus fines et les talents les plus remarquables. Le *Figaro*, le *Gaulois* et le *Paris* n'ont pas le monopole de ces anonymes, on en voit également dans la presse purement politique de Paris et dans celle de la province. Si jamais je rentre dans le journalisme, je ne craindrais pas de jouer le rôle d'un effacé.

C'est dans les *Faits divers* qu'il faut aller chercher la littérature des *réclamistes*. C'est une littérature plus industrielle que politique ; elle est ordinairement payée de 6 à 10 francs la ligne. En voici un échantillon qui m'a souvent agacé les nerfs, parce qu'elle paraissait presque toutes les semaines dans le même journal, avec les variantes suivantes :

« La célèbre Mme Casse-mes-Nerfs se fera bientôt entendre à... Nous apprenons que la célèbre Mme Casse-mes-Nerfs vient d'arriver à... et se fera entendre au concert de... »

Le rédacteur de ces réclames est le mari de la célèbre Mme Casse-mes-Nerfs !

Il est de droit coutumier que chaque journal rende compte des livres dont on dépose deux exemplaires au bureau du secrétaire de la rédaction. Ordinairement, on n'en parle pas, on ne les rend pas, mais on garde ces livres dans sa bibliothèque. Cet abus me paraît manquer de délicatesse, et je serais personnellement très-intéressé à ce qu'il disparût des habitudes de nos journalistes.

Voici des chiffres qui justifieront le blâme que je lance contre cette coutume de garder des livres dont on ne parle ni en bien ni en mal.

J'ai publié en France dix-huit volumes qui se
vendent 142 francs. Le service de la presse, pour
les comptes-rendus littéraires, varie de cinquante
à soixante-quinze doubles exemplaires ; je donne
généralement soixante doubles exemplaires qui
représentent la somme de *dix-sept mille quarante
francs*. N'est-ce pas payer un peu cher ce qu'on
appelle « la conspiration du silence, » dont mes
livres ont été la victime, non d'une manière
absolue, car il y a des journalistes honorables
qui comprennent leur mandat et se font un
scrupuleux devoir de l'accomplir, mais je puis
dire que sur les cent vingt exemplaires dis-
tribués à chaque nouvelle publication, il y en a
cent dix de perdus pour l'éditeur et pour moi.

J'avoue que ce silence, dont j'ai déjà donné
les motifs, serait moins général si je voulais faire
les articles, mais il est assez difficile de se faire
soi-même son éloge ou de dire du mal de son
œuvre. C'est pourtant ce dont les journalistes
prient les auteurs, et ce qui arrive le plus souvent, lorsque l'article n'est pas signé par le rédacteur chargé des comptes-rendus littéraires.
Aussi, n'est-il pas étonnant de voir des livres in-
signifiants ou mauvais, être très-vendus. L'a-

bonné ne se doute guère que ce succès provient de ce que l'auteur a eu la patience et la modestie d'écrire cinquante articles différents, dans lesquels il se décerne des couronnes de laurier et se ménage des statues pour l'avenir.

VIII

DES DIFFÉRENTES MANIÈRES D'ÊTRE LIBÉRAL ET DES DIFFÉRENTES RAISONS DE TUER SES SEMBLABLES

La liberté est une si belle chose que Dieu lui-même a voulu donner à l'homme le libre arbitre et respecter sa liberté. On a dit avec raison que c'était par elle que Dieu récompensait ou punissait les peuples. Au reste la responsabilité ne saurait exister sans la liberté. Un gouvernement vraiment chrétien doit donc être libéral, comme un gouvernement vraiment libéral est essentiellement chrétien dans le fond. Comme le dit M. Alexandre Weill, la liberté n'est pas compatible avec l'athéisme, parce qu'il appelle forcément l'anarchie. Pour être sincèrement libéral, il faut donner une égale dose de liberté aux honnêtes gens, aux conservateurs, comme aux révolutionnaires et aux radicaux, sinon l'on tombe dans l'arbitraire. Tous les hommes étant égaux devant la loi, doivent être pareillement égaux devant la liberté. On cesse d'être libéral dès qu'on veut monopoliser la liberté au profit d'un parti, d'une caste ou d'une secte.

La liberté politique, comme l'entendent MM. Guéroult et Veuillot, n'est que de l'arbitraire, chacun de ces messieurs la réclamant pour eux et leurs amis, et la refusant à leurs ennemis. On se rappelle cet article du mois d'octobre dernier par lequel l'*Opinion nationale* s'écriait avec enthousiasme : « La liberté des cultes vient d'être proclamée en Espagne ; les couvents sont supprimés. »

Pour l'*Opinion*, la liberté consiste à la supprimer chez ses adversaires. Je comprends la suppression des couvents comme je comprends la liberté des cultes ; mais je ne comprends pas bien comment on peut appeler : liberté des cultes, la défense faite à plusieurs citoyens de se réunir en une même maison pour prier en commun. Grâce au libéralisme de nos libéraux de profession, les catholiques ne pourront bientôt

plus aller à la messe, et le « droit de réunion »
pour la prière ne leur sera permis qu'en Angleterre et aux États-Unis.

Le fait est que le libéralisme n'est jamais en
jeu dans nos discussions politiques. Pour les
uns, il s'agit simplement de faire croire au public que l'on ennuie le gouvernement en bran-
dissant l'étendard des libertés apocryphes, et
pour les autres de se poser en homme libéral et
libre penseur ; tous prennent le sabre de l'opposition pour défendre la liberté et la combattre
au besoin, comme M. Prudhomme. Les discussions sur la liberté de la presse, la contrainte
par corps, le droit de réunion et d'autres, nous
ont singulièrement édifiés sur le libéralisme des
coryphées de l'opposition parlementaire ou de
la presse.

Ces libéraux platoniques qui ne veulent de
la liberté que pour eux, s'apitoient beaucoup
sur ceux qu'ils appellent : les martyrs de la liberté. Pourquoi ne s'apitoient-ils pas aussi sur
les victimes de ces martyrs ? Certainement
M. Baudin est mort honorablement en combattant pour ses principes ; mais Mgr Affre est mort
bien plus noblement encore, puisqu'il ne com-

battait pas du tout, qu'il ne tirait ni sur le peuple ni sur l'armée, et qu'il s'est sacrifié pour arrêter le massacre des uns et des autres. Pourtant, on ne fait pas de souscription pour lui!

Il est hors de doute que toute violence est déplorable et qu'il est odieux de faire couler le sang humain; il est hors de doute qu'il y a des hommes qui ne craignent pas d'exposer leur vie pour le triomphe de leurs convictions et qui sont de vrais martyrs. Si leur cause est injuste ou personnelle, ce sont des énergumènes, des fous respectables ou dignes de pitié; mais à côté de ces rares phénomènes, se trouve l'immense majorité des libéraux de profession qui font profession de libéralisme et se décernent la palme du martyre, quoique cette palme leur rapporte plus de profits que de horions. Les nerfs s'irritent, le cœur se soulève d'indignation, en voyant ainsi profaner, prostituer un titre usurpé par des hommes ennemis du danger et qui changent d'opinions à chaque changement de gouvernement.

Je ne nie pas que dans les catastrophes révolutionnaires quelques-uns ne soient obligés de payer de leur personne, mais, en général, on a

vu que c'était toujours malgré eux, et que lorsqu'ils le pouvaient ils se tenaient le plus possible
à l'écart du danger. On ne tue plus, comme
en 93, pour le plaisir de tuer. Je ne sais jusqu'à quel point le sang versé dans une émeute,
ayant pour but le renversement d'un pouvoir
légalement établi, a plus de prix que celui versé
sur la place de la Roquette. Le meurtrier tue
pour avoir du pain ou de l'argent; le bourreau
tue pour venger la société et gagner son salaire;
le soldat tue pour défendre la patrie et gagner
les épaulettes; le révolutionnaire tue pour piller,
sinon l'or des vaincus, du moins leur pouvoir et
leurs places. Au fond de tous ces actes sanglants
on voit l'intérêt dominer; seulement, la valeur
de cet intérêt varie selon la catégorie des
individus qui frappent leurs semblables. Un
crime, un meurtre, pour être ce qu'on appelle politique, en est-il moins un crime, un
meurtre ?

Comment la société moderne ne serait-elle pas
ébranlée par les sophismes ignares et les spécu-
lations empiriques de la presse, lorsque les gardiens et les représentants des trois autorités sur
lesquelles repose toute société virile, s'émanci-

pent eux-mêmes de tout respect pour le droit et l'autorité collatérale?

Comment l'autorité civile ou politique serait-elle respectée, du moment où des plumes épiscopales, dédaignant le précepte évangélique de « rendre à Dieu ce qui est à Dieu et à César ce qui est à César, » s'occupent de politique, attaquent le chef de l'État et les gouvernements qui ne favorisent pas le pouvoir temporel des Papes? S'imagine-t-on que Jésus, en proclamant les droits civils de César, descendait à une question de fisc?

L'abbé Sicard en écrivant à Poultier, lui disait : « Quant à mes sentiments, les voici : convaincu que les gouvernés doivent être parfaitement soumis au gouvernement, je ne crois pas qu'il puisse être permis à aucun catholique de jamais examiner la légitimité de la puissance qui gouverne; et pour moi, toute autorité qui exerce la puissance de fait, est par cela seul légitime. Ainsi, de la même manière que j'étais royaliste en 89, 90, 91, 92, je suis, depuis la proclamation de la République, républicain, et cela par les mêmes principes. Ainsi, tout ce que j'aurais fait sous la monarchie, en tant que pré-

tre, pour la maintenir quand elle existait encore, je l'aurais fait pour la République, et je le
ferai encore, depuis qu'à la monarchie a succédé
la République. La monarchie n'existe plus, et la
République existe; tout est dit pour moi, et la
monarchie est à mes yeux comme si elle n'eût
jamais existé. Au reste, cette profession de foi
m'est commandée par ma religion. Je la trouve
dans l'Évangile de demain vingt-deuxième dimanche après la Pentecôte, et dans l'homélie de
saint Augustin qui l'explique... »

L'abbé Sicard a raison; le prêtre ne doit pas
être un homme politique, encore moins un
homme de parti, car il se doit tout à Dieu, à
son pays, à ses concitoyens. Du moment où le
pouvoir exécutif est accepté par la nation et ré-
gulièrement constitué, il lui doit le respect et la
fidélité, s'il ne peut lui donner l'amour et l'estime. Que César, c'est-à-dire le chef de l'État,
soit un Bourbon, un Orléans, un Napoléon, un
Cavaignac, un Jules Favre, un Rochefort ou
M. Gagne, cela ne nous regarde pas: nous sommes
Français, nous sommes prêtres et non pas des
hommes politiques.

D'autre part, comment l'autorité religieuse

serait-elle respectée, lorsqu'on voit des ministres, comme M. Billault, bâillonner pendant
deux ans la presse catholique et permettre à la
presse radicale, d'insulter chaque jour le clergé,
la religion, et de les représenter sous des couleurs odieuses? L'autorité religieuse est répandue dans le monde entier, car le monde entier
croit en Dieu ; chercher à diminuer cette autorité, c'est se donner les étrivières ; car lorsqu'on
ne craint pas Dieu, l'on se moque du sergent de
ville et du gendarme, qui ne pèsent pas lourd
dans une émeute populaire!

Je ne parlerai pas de l'autorité sociale repré-
sentée par le père de famille, car elle n'existe
presque plus depuis que les liens de famille se
sont relâchés ainsi que la morale. On voit encore des hommes qui engendrent des enfants,
mais les pères de famille deviennent rares. Ici
je ne critique pas un fait dont les avantages et
les inconvénients se balancent à peu près ; je
constate seulement le fait sans l'apprécier. L'autorité paternelle s'est surtout amoindrie depuis
que les mères se débarrassent de leurs enfants
pour les mettre en nourrice, et que les pères se
débarrassent ensuite de leurs fils, en les plaçant

dans ces grands bazars intellectuels appelés colléges.

L'amoindrissement de cette triple autorité produit, dans la nouvelle génération, le relâchement du frein politique, religieux, social, et donne plus d'indépendance au sentiment comme à la pensée sous ce triple rapport. L'indépendance est une belle chose, mais le patriotisme est une chose plus belle encore, et quand les sentiments trop indépendants planent dans le domaine des passions et des intérêts individuels, ils ne s'attachent point au sol de la patrie; ils disent : Dieu, la patrie, la famille ! c'est nous.

Quand l'autorité n'est plus qu'une ombre de ce qu'elle est dans les desseins providentiels à l'égard de l'humanité, elle se dissipe tôt au tard pour faire place à l'anarchie, qui n'est autre que la tyrannie de beaucoup; quand l'autorité n'est plus la base d'une société, un principe sage qui concilie les intérêts privés avec les intérêts généraux, une force qui dirige les forces individuelles, elle devient une tradition qui s'efface et s'éteint sous la voix imposante des peuples qui la domine.

La voix du peuple est celle de Dieu ; quand

elle gronde, c'est pour avertir qu'un orage s'approche, qu'un châtiment nous menace; l'orage et le châtiment deviennent alors difficiles à détourner. Quand les représentants de l'autorité civile, de l'autorité religieuse et de l'autorité sociale ne se respectent pas, ne se protégent pas réciproquement, ils s'isolent, s'affaiblissent, et se séparent de ce divin faisceau qui constitue la force de toute société grande et forte.

Cette séparation de trois forces, qui devraient rester toujours unies, est une désertion d'un devoir suprême imposé par l'Éternel aux représentants de ces trois autorités. Elle affranchit le peuple de ses devoirs et le rend maître de ses destinées. Quand un peuple brise à son tour le joug de ses devoirs, il opère son affranchissement par une réaction violente. La violence de la réaction est proportionnée au degré d'influence des traditions nationales sur la constitution nouvelle du peuple émancipé; elle peut être sanguinaire comme en 93 ; elle peut être modérée comme celle qui vient d'enlever la couronne à la reine Isabelle. Qui peut prévoir si la réaction sera violente ou modérée, si le peuple mettra des bornes à ses passions comprimées, et

quelles limites il posera à ses exigences, à ses
volontés, à ses désordres ?

Ce n'est pas seulement dans l'émancipation
des devoirs que la transaction est une crise dangereuse, mais encore dans la conquête, même
pacifique, de toute liberté. La gravité de la crise
est moins en proportion de l'importance de la
liberté conquise que du désir plus ou moins
ardent qu'on avait de l'obtenir.

Chez nous les libertés ne sont périlleuses, vu
la légèreté de notre esprit, que lorsqu'elles sont
à l'état d'espérance et de levier d'opposition;
elles perdent ce ferment de désordre dès qu'elles
passent franchement dans le domaine public.
Elles peuvent devenir mortelles quand la crainte
de l'abus rend illusoire la concession de ces libertés. L'abus a lieu naturellement dans le premier moment de leur obtention, mais la satiété
suit de près l'abus. Nous ressemblons à ces enfants qui demandent à grands cris un joujou qui
flatte leurs yeux; ils le manipulent tout un jour
et le laissent le lendemain dans un coin de leur
chambre.

Les libertés loyalement concédées, librement
exploitées, deviennent vite en France un orne-

ment national des plus inoffensifs. Si nos hommes d'État connaissaient mieux ce caractère du tempérament français, ils s'éviteraient bien des ennuis et nous économiseraient toutes ces secousses qui ont amené la chute de deux républiques, d'un empire et de deux monarchies, en trois quarts de siècle. Malheureusement les hommes d'État ne sont pas toujours des hommes d'esprit; souvent la peur les grise, leurs yeux se voilent, leurs pieds tremblottent, ils trébuchent contre les mêmes cailloux qui firent tomber leurs prédécesseurs. L'histoire et l'expérience sont pour eux des enseignements dont ils perdent le souvenir dès qu'ils atteignent le pouvoir ou qu'ils en sont fatigués.

IX

COMME QUOI LES MAUVAIS PRUNEAUX ET LES MAUVAIS
ARTICLES NE PRODUISENT PAS LES MÊMES EFFETS

Peu de mots produisent une impression aussi
sérieuse, aussi profonde que celui de LIBERTÉ.
Ce mot trouble certains esprits candides, comme
l'approche d'un danger ; il en fait tressaillir
d'autres comme l'aurore d'un bonheur longtemps attendu. C'est qu'en effet ce mot est souvent au fond des crimes et des vertus civiques,
et qu'on lui doit la plupart des jours de deuil et
des jours de fêtes qui font époque dans l'histoire
des nations.

L'homme honnête qui demande paisiblement
son pain, son bien-être ou sa fortune au travail
de ses mains ou de son intelligence, se soucie
peu des libertés qui ne doivent pas apporter une

obole de plus dans sa famille; l'égalité devant
la loi suffit à son amour-propre de citoyen. Les
ambitieux, les mécontents, les soi-disant « dé-
classés, » les esprits aigris ou taquins demandent
sans cesse la liberté absolue, utopie irréalisable,
puisque chacun veut faire prévaloir ses droits,
sans remplir ses devoirs, dominer et ne pas
obéir. Ne pouvant obtenir ce qui ne saurait
exister, nos radicaux se pleurent sur leurs
« droits politiques méconnus. »

L'absolu n'existe qu'en Dieu. Dans les pays
les plus civilisés, les plus libéraux, comme dans
les contrées les plus sauvages, la liberté doit
être contrôlée, réglementée, car celle d'un
individu ne doit pas nuire à celle de son voisin. Les partisans de la liberté plus ou moins
absolue la demandent uniquement pour eux, et
quand ils la demandent pour tous, c'est pour en
profiter à l'exclusion de la majorité de leurs
concitoyens. Ce n'est pas moi qui constate ce
fait, c'est l'histoire. Pour ne pas rester dans les
banalités d'une thèse générale, nous allons appuyer cette vérité d'une page inédite sur l'histoire
de la liberté de la presse.

Dans nos départements, c'est-à-dire la France

entière, sauf les têtes volcanisées de Paris, le peuple désire la paix, la diminution des impôts et l'égalité devant la loi; il ne veut pas de troubles à l'intérieur, pas de révolution, pas de république ; ses aspirations ne vont pas au delà. Dans les sphères plus élevées, il y a les partis conservateurs et démocrates avec leurs nuances ultra-catholiques ou radicales qui voudraient monopoliser la liberté de tout dire en en privant leurs adversaires. On a vu M. Guéroult prêcher à la Chambre et dans son journal le refus de toutes libertés aux conservateurs désignés sous le nom de cléricaux et la demander exclusivement pour les hommes de sa couleur. On a vu ceux qu'on appelle les ultramontains prêcher également contre MM. Guéroult, Havin et leurs amis politiques, déclarant que la liberté ne pouvait être utile et sage qu'en adoptant le drapeau de l'*Univers*, de l'*Union*, et des autres journaux de ces deux nuances.

Aussi, la lettre du 19 janvier vint-elle mécontenter tout le monde; d'abord parce qu'on ne l'attendait plus, qu'on ne la demandait pas, ensuite parce que tout le monde eut peur de ses conséquences politiques pour le pays et de ses conséquences financières pour le journalisme. L'Empereur, personnellement libéral, voulait la liberté de la presse, il l'imposa malgré le ministère, le Corps législatif, le Sénat, en un mot tout son gouvernement, et même malgré la presse. En effet, le journalisme étant, *avant tout*, une industrie, la liberté de la presse n'allait-elle pas compromettre cette industrie? Voilà la question que six cents journalistes se posèrent avec effroi. Les opinions politiques furent alors mises au crochet, les bourses frémirent, et la presse départementale vint à Paris discuter ses intérêts; deux cent cinquante journaux furent représentés dans son congrès du mois de février 1867.

Il n'est pas inutile de dire ici, sous forme de parenthèse, que l'opinion de Paris n'est pas celle de la France. Les statistiques postales nous apprennent que les journaux de Paris sont moins lus en province que les feuilles locales. Les journaux les plus répandus, comme le *Siècle*, le *Figaro*, le *Paris* et d'autres, ne peuvent pas rivaliser en influence, avec les journaux de province, car ils ont très-peu d'abonnés dans les départements. La presse départementale repré-

sente donc l'opinion de la France, comme celle
de Paris représente les différentes nuances des
opinions de la capitale. Le gouvernement qui
paraissait ignorer ces détails, et ne savait pas
que, sauf dix ou douze de ces feuilles, toutes
sont dynastiques, se vit inopinément obligé d'a-
voir une très-grande considération pour la presse
départementale, et de ne point la sacrifier à celle
de Paris.

Les journaux de l'opposition à Paris, assimi-
lant le journalisme à l'épicerie ou à toute autre
industrie, réclamaient le droit commun pour
tous. Il est évident que de mauvais pruneaux et
de mauvais articles peuvent également faire du
mal ; mais ce mal est-il le même dans sa nature et dans ses effets ? Si le journalisme est une
industrie, il est en outre une force exceptionnelle, une puissance redoutable, une tribune
politique en permanence, du haut de laquelle
des hommes sans mandat, sans garantie, peuvent dire tout ce qu'ils pensent et tout ce qu'ils
ne pensent pas. Le journaliste n'a pas même
la parole réglementée comme celle d'un
député. Le droit commun, en matière de
presse, équivaut au droit de tout injurier,

de tout insulter, de tout renverser et de tout détruire.

Avec le droit commun, le *Siècle* et ses amis demandaient l'égalité devant la loi pour toutes feuilles politiques publiées en France. Il eût été plus loyal de demander franchement la suppression de la presse départementale au profit de celle de Paris ; mais c'eût été mettre les points sur les *i*, pour ceux qui ne comprenaient pas que cette égalité cachait l'odieux du mot *suppression*, que réclamaient nos libéraux parisiens. M. Léon Plée ne se dissimulait pas que cette égalité équivalait à la suppression de la presse départementale ; aussi, pour diminuer le côté hideux de la mesure égoïste, arbitraire pour laquelle il plaidait, il essaya de démontrer que la presse parisienne était la seule sérieuse, intelligente, importante.

Pourquoi M. Léon Plée n'a-t-il pas eu le courage de dépouiller sa pensée de ce jargon libéral qui ne pouvait tromper personne. et dire simplement : « Nous voulons que l'*Abeille Brivadoise*, l'*Opinion de Carpentras*, en un mot tous les journaux de province, qui tirent à deux ou trois cents exemplaires, soient taxés comme

le *Siècle* qui tire à. cinquante mille. Cette taxe
égaliserait d'un seul coup la presse départementale, en ce sens qu'elle la supprimerait immédiatement. L'égalité du cautionnement, pareillement demandée, était aussi juste et devait
produire le même résultat. Le *Siècle* savait qu'il
gagnerait cinquante mille abonnés de plus à
cette égalité, c'est pourquoi il la désirait si vivement. Oh! ficelles !

D'autre part , les journalistes des départements, n'ayant rien à gagner et beaucoup à
perdre avec la liberté projetée, demandaient,
sinon le maintien du *statu quo*, avant la lettre
du 19 janvier, au moins des modifications, en
leur faveur, au projet de loi. Quelques-unes de
leurs réclamations portaient la même empreinte
de libéralisme que celle déjà remarquée dans
le *Siècle* et ses confrères de la même couleur;
néanmoins, les journalistes de province eurent
la franchise de déclarer carrément que les mesures restrictives qu'ils réclamaient contre la
presse parisienne politique et littéraire, avaient
pour but de favoriser la presse départementale
dévouée à l'ordre, à la religion et à la dynastie
impériale.

Cette étrange campagne nous a découvert le
fond du sac. Le désir de sacrifier la liberté à des
intérêts privés s'est montré sous un jour sans
nuages. Le libéralisme de la presse française
s'est dévoilé, sans garder la moindre feuille de
vigne, et sa nudité honteuse ne nous a inspiré
que des huées. Il est maintenant trop tard pour
dire ici ce que le gouvernement, mieux éclairé
par des hommes compétents, aurait pu faire pour
donner une plus grande part de satisfaction à la
presse, et surtout au public.

A peine la liberté de la presse fut-elle proclamée, que nous vîmes les journalistes s'en servir,
d'abord contre eux-mêmes, ensuite contre tout
le monde. Les poltrons se contentaient de l'injure et de la calomnie la plus vile : ils n'osaient
pas aller jusqu'aux coups de poing. Les fiers-à-
bras et les spadassins allèrent du bâton aux
coups d'épée ; on s'égorgea librement, néanmoins, sans se tuer. On a vu nos coqs de la
presse, MM. Rochefort, Wolf et autres, imiter
l'auteur des *Guêpes*, Gustave Planche et le fameux « condamné du 6 mars, » dans leur irri-
tation contre la liberté prise par M. de Mirecourt
de se servir, dans ses biographies, des mêmes

7.

armes dont se servaient ces messieurs dans la presse.

D'une question de boutique la liberté de la presse descendit à des questions de personnalités vaniteuses; la plume ne trouva pas l'encre assez noire, elle se trempa dans l'ordure la plus infecte. L'abus amena le dégoût, le dégoût amena la réaction, et sans quelques procès maladroits, la liberté de la presse serait aujourd'hui dans le domaine public aussi inoffensive que la liberté des théâtres.

Quand deux cailloux restent tranquilles ou qu'ils ne se heurtent pas violemment, ils ne produisent pas d'étincelles. Quand un individu veut prendre la liberté de frapper un collègue, il faut que celui-ci ait la liberté de ne pas se laisser frapper. Punir celui qui frappe, ce n'est pas protéger celui qui est frappé. On doit prévenir les coups; on les répare difficilement. La liberté de la presse, telle que nous l'avons, ne prévient ni ne répare les coups; il était pourtant possible de les prévenir, tout en accordant la liberté, ou du moins de les rendre à peu près impossibles.

Les abus de la presse sont aujourd'hui ce

qu'ils étaient sous la Restauration, la monarchie de juillet et la république. En lisant les journaux d'autrefois, l'on croit lire ceux d'aujourd'hui; en voici quelques extraits, publiés à ces trois époques.

« On écrit, on parle en toute sécurité; et puis, au bout de deux ans, il n'y a pas un mot imprudent qui ne se traduise en coups de fusil.» — *Journal des Débats.*

« Il y a tous les jours à Paris vingt journaux qui disent que la cour et le gouvernement trahissent la France... La même idée qui met la plume à la main des penseurs met le fusil à la main de l'assassin. » — *Presse.*

« Toujours vous avez trouvé des rapports habituels et directs entre la rédaction factieuse et l'entreprise factieuse. » — *M. de Barante.*

« Les agitations sont presque exclusivement produites et excitées par la liberté de la presse. Ce serait nier l'évidence que de ne pas voir dans les journaux le principal foyer d'une corruption dont les progrès sont chaque jour plus sensibles. A toutes les époques, la presse périodique n'a été, et il est dans sa nature de n'être qu'un instrument de désordre et de sédition. C'est par

l'action violente et non interrompue de la presse
que s'expliquent les variations trop subites, trop
fréquentes de notre politique intérieure. Nulle
force n'est capable de résister à un dissolvant
aussi énergique que la presse. » — *Rapport ac-
compagnant les ordonnances de juillet.*

« Une partie de la société vit au milieu de la
plus épouvantable anarchie ; on dirait en lisant
les papiers publics, que la France est déchirée
en une multitude de gouvernements qui se dis-
putent le pouvoir à l'aide de l'injure, de la calomnie, de la confusion de tous les principes
politiques... Il faut des peines sévères contre les
délits, des peines énormes contre les crimes qui
s'adressent à la personne du roi, au principe et
à la forme du gouvernement. C'est la condition
sans laquelle il ne peut y avoir de liberté de la
presse. Autrement cette liberté dégénère en
licence, et la licence de la presse finit par devenir funeste aux gouvernements les mieux constitués. » — *Exposé des motifs des lois de septembre
promulguées par M. Thiers.*

« La presse, à quelques exceptions près, a
mal mérité du pays ; elle n'a pas été digne de sa
haute et sainte mission, de sa dictature intellec-

tuelle et morale! Je le confesse et j'en rougis :
le pays vaut mieux que son expression; l'esprit
public est plus sain que ses organes. Oui, la
presse... distille à chaque ligne la haine, la
calomnie, l'outrage; elle sue l'insurrection et
l'anarchie. Combien de fois n'en ai-je pas gémi!
Combien de fois n'ai-je pas partagé vos légitimes
indignations! Combien de fois n'ai-je pas été
tenté de la maudire moi-même et de lui souhai-
ter un bâillon de fer. » — *Lamartine.*

« Depuis cinq ans à peine, nous jouissons de
la liberté de la presse; elle a eu tous les débor-
dements d'un torrent longtemps comprimé;
rien n'a été respecté : la royauté, les grands
corps de l'État, les actes politiques, le sanctuaire
de la vie privée, tout a passé sous la censure la
plus sévère, souvent la plus injuste, et presque
toujours la moins motivée. La presse, sauf de
rares et honorables exceptions, a abusé de la
liberté et est descendue quelquefois jusqu'à la
boue, jusqu'à l'ordure. » — *M. Havin.*

Ne semble-t-il pas qu'on lit de l'histoire contemporaine, en lisant ces extraits d'articles, de
discours et de rapports qui ont pourtant plus de
vingt et de trente années de date? Les hommes

seront toujours les mêmes, mais s'ils ne changent'pas, on doit profiter de l'expérience du
passé et modifier les lois à mesure que les mœurs
politiques se modifient. Ce qui n'était pas possible autrefois, l'est aujourd'hui. En dehors des
lois libérales, mais fermes qui pourraient donner une vraie liberté à la presse, tout en la
maintenant dans les limites du droit et du devoir, n'y a-t-il pas d'autres moyens de paralyser
ses abus? de la forcer au moins à parodier la dignité qu'elle a dans la Grande-Bretagne? Je le
crois, et bien des journalistes pensent comme
moi que l'on pouvait éviter les abus, et donner
la liberté.

X

OU L'ON SE DEMANDE POURQUOI LE GOUVERNEMENT
N'AURAIT PAS SON ROCAMBOLE ? — POURQUOI
NE L'A-T-IL PAS ?

Le gouvernement a d'autant plus perdu, en
donnant la liberté de la presse, qu'il n'exerce
aucune influence sur l'opinion publique par le
journalisme. Il ne saurait réprimer les excès de
la presse sans perdre tous les procès qu'il gagne.
En matière de presse, jouer aux procès, c'est
jouer à qui perd gagne. « Aucune loi sur la
presse, disait avec raison M. Émile Ollivier,
quelque sévère qu'elle soit, ne peut avoir d'action efficace... Je considère l'impuissance de
tous les systèmes pour dominer et refréner la
presse comme un fait complétement démontré.
Quelle que soit la juridiction chargée de répri-

mer les actes de la presse ; que ce soit le jury ou
le tribunal de police correctionnelle, dans tous
les cas, les poursuites ont un effet favorable à la
presse et défavorable au gouvernement qui les
intente. »

M. Thiers a pareillement proclamé cette inef-
ficacité, sous une autre forme, lorsqu'il disait ;
« Oui, je reconnais les inconvénients de la liberté de la presse ; je les reconnais dans toute
leur gravité. Je sais que la répression légale,
elle-même, qui est indispensable pour donner
quelquefois aux honnêtes gens indignés une
juste satisfaction, je sais que la répression légale
n'est pas suffisante pour prévenir les abus de la
presse. »

Le gouvernement n'est protégé contre les abus
de la presse ni par le verdict des tribunaux, ni
par les journaux officieux. Entre les journaux
de l'opposition qui font du dénigrement systématique, et les journaux officieux qui ont toujours l'encensoir à la main, on ne voit guère que
des journaux d'une impartialité douteuse et des
indépendants problématiques qui n'ont point
d'abonnés. Les vrais amis, ceux qui sont forts
parce qu'ils ne craignent pas de crier : casse-

cou; ceux qui servent le pouvoir, mais ne le
flattent pas; ceux qui lui sont dévoués et ne
mettent pas leur dévouement aux enchères;
ceux-là, la presse n'en veut pas.

Les journaux de l'opposition ressemblent à
ces tortionnaires du moyen âge qui torturaient
leur patient par métier. Les officieux ressemblent à ces thuriféraires payés pour brûler de
l'encens devant un autel. Les uns sifflent toujours, les autres applaudissent sans cesse. C'est
triste! Les uns et les autres forment-ils l'opinion
publique? Je ne le crois pas; ils s'adressent à
des opinions toutes formées, et ne font qu'exalter les esprits de leurs partisans.

Le gouvernement caresse l'opinion publique;
il subit parfois celle de ceux qui sifflent ou claquent le plus fort; ne devrait-il pas plutôt la
diriger? La force du pouvoir est beaucoup plus
dans l'opinion publique que dans les baïonnettes et les mesures préventives ou coercitives; la
presse est le premier agent de cette force, parce
qu'elle fait, défait et refait l'opinion. Il est donc
très-important pour le pouvoir de maintenir le
journalisme, impérial, libéral ou clérical, dans
les voies honnêtes de la discussion loyale, et

l'obliger à devenir patriotique et national avant
tout. Cela n'est point impossible, mais il faudrait
en prendre les moyens, considérer la presse
comme une auxiliaire et non pas comme une
ennemie.

Comment, dans un pays où le journalisme a
une influence politique exceptionnelle, immense, inconnue dans les autres contrées du
globe, le gouvernement, avec son grand et son
petit *Moniteurs*, ses grands et ses petits journaux
officieux ou complaisants, ne peut pas faire concurrence au *Figaro* de M. de Villemessant, ni
même au *Petit Journal* de M. Millaud? Non-
seulement il ne saurait faire concurrence à ces
journaux et à bien d'autres, mais il n'a pas
même dans la presse départementale l'influence
que MM. Havas et Bullier ont par le monopole
des dépêches, des annonces et des correspondances ?

Est-ce que nos hommes d'État oublient ce
que valut, au régime actuel, l'opinion publique,
lors des votes du 10 décembre 1848 et du
22 novembre 1852 ? Est-ce qu'ils ne se rappellent plus son funeste poids dans la question
mexicaine? Depuis dix ans, cette opinion s'est-

elle maintenue ce qu'elle était pendant les dix premières années de l'empire? Ne pouvait-on pas trouver des *Figaro*, des *Petit Journal*, des *Lanternes* impérialistes et dynastiques qui laisseraient la claque et l'encensoir aux petits esprits, aux vues courtes, mais qui sauraient mettre, par leur tact et leur talent, les crieurs et les rieurs du côté de l'autorité ?

Qui ne se rappelle les succès fabuleux de *Rocambole ?* Succès tellement considérable qu'on a pu le ressusciter plusieurs fois, et qui n'eut d'équivalent que dans celui de la *Lanterne*. Eh bien ! je me demande pourquoi le gouvernement n'aurait pas son *Rocambole ?* Pourquoi ne l'a-t-il pas? On me répondra que sa dignité lui défend de se payer de pareils succès. Niaiserie. Il ne s'agit pas ici d'un individu, mais d'une chose. Aujourd'hui que le succès est tout, qu'il a seul raison en politique, en morale, en littérature, en journalisme, le pouvoir devrait avoir, en matière de presse, un succès qui lui épargnerait ceux qui sont de vraies défaites.

Si j'étais gouvernement, je dirais à trois ou quatre gaillards de ma connaissance : — Tenez, voilà un petit million, fondez-moi un journal qui devienne universel et fasse déserter en masse les abonnés des journaux qui me sont systématiquement hostiles. Je suis sûr qu'au bout d'un an ce journal aurait deux cent mille abonnés et tirerait à un million.

On me dira que le gouvernement éparpille ses réserves ou ses faveurs sur les journaux qui le servent! Mon Dieu, il en est des serviteurs comme des amis; les variétés sont grandes. Il y a des serviteurs qui ne servent pas, et d'autres qui volent leur argent; il y en a de maladroits, de cassants, de niais, etc. Il y a des serviteurs ou des complaisants qui ont leur fortune faite avant d'entrer dans le journalisme, et l'augmentent avec leur journal; ils sont gracieux ou serviles par tradition, mais ils tiennent souvent la dragée haute.

Vieillis dans le parlementarisme de 1830, leur éducation déteint sur les plaidoyers de circonstance qu'ils font en faveur de l'Empire. Nous les voyons souvent lancer des pavés tellement constitutionnels, que les vitres en tremblent parfois dans le camp impérial; M. de Girardin affirme même qu'ils en cassent pas mal. C'est ainsi que les journaux officieux nous ménagent des surprises qui doivent manquer de charme pour le gouvernement.

Sous ce bon Paulin Limayrac, le *Constitutionnel* était un établissement où l'on faisait des essais, « plus lourds que l'air. » On lançait des ballons qui ne pouvaient être lancés ni par Nadar, ni par le *Moniteur*. Paulin Limayrac s'en chargeait; il donnait en outre la férule aux Jérémies de la presse et des renseignements sur la météorologie politique du jour; puis il faisait la sieste. A-t-il fait des prosélytes? Pas un.

M. Dréolle parlait quand Limayrac dormait. Il annonçait toujours en termes sonores et pompeux qu'il allait répondre aux sophismes de l'opposition. Dans ses réponses aux sophismes de l'opposition, il n'oubliait qu'une chose, c'était de répondre. Ce qui est sonore est creux. Le gouvernement pense-t-il que le *Public* convertira les mécréants que la *Patrie* n'a pas su convertir? Je ne le pense pas.

L'*Etendard*, toujours instructif comme le *Moniteur* et toujours caressant, a deux ou trois bons rédacteurs; c'est beaucoup. Mais quel journal! quelle opinion! Combien lui reste-t-il d'abonnés?

De pareils journaux formeront-ils jamais l'o-
pinion publique? Pour que le gouvernement le
suppose, il faudrait qu'il ne les lise pas. J'ai vu
la presse officieuse refuser de parler des ouvrages qui défendaient la politique impériale, sous
prétexte que ce serait de la réclame! Mais qui
donc fera de la réclame en faveur de la politique
impériale, si les journaux officieux n'en font
pas?

Quant à la presse catholique, du moment où
elle se dit catholique, elle devrait défendre l'autorité religieuse et l'autorité politique qui gouverne l'État. Est-elle réellement catholique,
c'est-à-dire foncièrement chrétienne, lorsque
loin de défendre, elle attaque? Est-elle chrétienne lorsqu'elle attaque le pouvoir, certains
évêques et même de simples prêtres? La religion
n'étant pas un parti, cette presse usurpe son
titre en défendant tel ou tel parti. Elle l'u-
surpe dans le fond comme dans la forme, car
elle n'est catholique ni dans la forme ni dans le
fond.

Dépourvue de cette aménité qui séduit les
cœurs et les attire, elle manque de bienveillance
et de charité à l'égard de ceux qu'elle n'aime

pas. Au lieu de prêcher la conciliation, elle
pousse à la guerre ; au lieu de rapprocher les
esprits par de bonnes paroles et de bons procédés,
elle les éloigne. Elle multiplie les haines qu'elle
se crée journellement et ne sait pas se faire naître
des amitiés. Je trouve dans un livre publié récemment le portrait du journaliste catholique,
tel qu'il se peint lui-même par ses écrits. Je le
copie, car il est, hélas ! d'une déplorable ressem-
blance.

« Au lieu d'exposer dans un langage digne les
principes conservateurs et religieux, il préfère
mordre ses adversaires au bas des reins. Les
questions de forme, les questions secondaires,
voilà son dada. Soulever maladroitement des
discussions inutiles, épineuses, où Rome et le
clergé, n'ont pas toujours le dessus, voilà son
fort.

» Son métier est d'irriter tout le monde et de
ne convaincre personne. Il aime à chasser à
coups de corde les vendeurs du Temple, mais
non pas nourrir le peuple avec de bonnes paroles. Loin de sonner la trompette de la réclame
en faveur des nouveaux écrivains catholiques
qui n'ont d'autre moyen d'existence que leur

plume et leur talent, il les éreinte par la critique ou les tue par le silence. A moins que ce ne soit un livre sorti d'un couvent ou d'un palais épiscopal, il le laissera moisir chez l'éditeur plutôt que d'en dire du bien.

» Les journalistes de cette couleur, comme les chárlatans de nos foires, se couvrent de quelques brillants lambeaux du catholicisme pour en imposer aux badauds des sacristies. Ils se posent en défenseurs de l'Église que personne n'attaquerait sans eux, et qu'ils abaissent au niveau d'une coterie vulgaire... Ils s'arrogent la mission d'instruire le clergé dans ses devoirs vis-à-vis des fidèles et des gouvernements; ils veulent diriger la politique du Souverain-Pontife et se déclarent les seuls interprètes de la Providence dans ses vues et ses jugements sur ce bas monde.

» Le diable leur infuse un orgueil infernal qui leur donne la prétention, de se croire des prophètes envoyés par Dieu pour anathématiser ceux qui ne pensent pas comme eux. Cette voix, agréable à leur amour-propre, leur crie : — Érigez en symbole vos passions et vos rancunes; n'écoutez pas la voix du Christ qui vous dit:

« Vous n'êtes pas mes disciples car je suis doux
» et humble de cœur, et vous n'êtes que vio·
» lence, orgueil et fiel. Si mon Église pouvait
» être compromise par les hommes, elle le se-
» rait depuis longtemps par votre fiel, votre or-
» gueil et votre violence. Vous parlez en mon
» nom, mais je ne vous en ai point donné le
» droit. Vous vous croyez riches, mais vous êtes
» pauvres, car vous n'avez que la richesse de
» l'intolérance et de la fatuité. Voyez vos œuvres;
» voyez comme elles sont stériles pour le bien,
» et dites-moi si je suis avec vous, si les œuvres
» que je bénis, quand elles sont selon mon
» cœur, ne portent pas d'autres fruits que les
» vôtres? »

» Non, ces gens ne voient rien, n'entendent
rien. Quelques soutanes noires, violettes ou rouges qui n'ont pas étouffé dans les poitrines
qu'elles recouvrent, les sentiments humains
qu'elles devraient éclairer, purifier, christiani-
ser, flattent ces publicistes pour en faire l'écho
responsable de leurs opinions privées, et ces
journalistes croient représenter l'Église! Allons
donc, messieurs, ne profanez pas les choses
saintes; laissez l'Église telle que Dieu l'a faite,

et ne la rapetissez pas en voulant donner vos commérages pour les doctrines du Christ.

» Si le journalisme ultra-catholique n'est pas une force, mais un hochet, un tambour à roulettes, battu par un lapin de carton, c'est qu'il fait dormir, enrager ou rire au lieu d'instruire et d'édifier ses lecteurs, malgré les talents incontestables, éminents de la plupart de ses rédacteurs. »

Ne serait-ce que par intérêt ou gratitude, la presse catholique devrait défendre le régime actuel, car jamais gouvernement n'a fait autant construire et réparer d'églises que celui-ci ni donné autant de cadeaux aux paroisses pauvres. N'est-ce pas aussi l'Empereur personnellement qui a fondé les « prières des pauvres » pour les défunts indigents? lacune qui n'aurait pas dû être comblée par le chef de l'État. Pourtant depuis 1859, toute la presse ultra-catholique est hostile au gouvernement!

On le voit, le gouvernement n'a pas de chance avec le journalisme; la presse entière lui nuit beaucoup et ne le sert pas du tout. Non-seulement il est violemment attaqué par les journaux de l'opposition et les journaux catholiques, ma-

ladroitement et mal défendu par la presse officieuse ou complaisante, mais encore, lorsqu'il
se défend lui-même on ne l'écoute pas, lorsqu'il
parle on ne le croit pas.

XI

OU L'ON VERRA QUE LE GOUVERNEMENT A MOINS
DE CHANCE QUAND IL PARLE QUE LORSQU'IL NE
DIT RIEN.

Jamais le gouvernement n'est autant attaqué
sur son silence que lorsqu'il parle le plus ou de
la manière la plus explicite. Jamais on n'attaque moins sa « politique mystérieuse, personnelle, etc., » que lorsqu'il ne dit rien. C'est
naturel. Les paroles, quelles qu'elles soient,
prêtent toujours aux commentaires. Les journalistes n'ayant pas toujours, de dix heures du
matin à deux heures de l'après-midi, de l'esprit
de rechange, sont très-heureux quand l'esprit
des autres vient à la rescousse pour remplir leurs
colonnes.

Avec quoi les journaux se fabriqueraient-ils

pendant des semaines et des mois entiers, en temps d'accalmie, et surtout en été, pendant la vacance des Chambres, si le bon sens et la bonne foi traitaient seuls les questions du jour? Ces questions ne seraient-elles pas monotones et trop vite épuisées, si on les réduisait à leurs proportions réelles, sans exagérer ou dénaturer leur caractère? Ne serait-ce point par trop vulgaire d'imprimer ce que tout le monde pense? Reconnaître l'évidence des faits, rechercher la vérité, ne point produire des suppositions risquées, rester honnête et loyal dans la discussion, ne serait-ce point terminer trop brusquement la discussion elle-même?

N'est-il pas superbe et d'une habileté remarquable, de pouvoir, même à propos d'une question d'engrais, lancer des phrases comme celle-ci : « Nous sommes à la veille d'une collision immense ; nous sommes menacés d'une de ces crises redoutables qui décident non-seulement de la vie d'un peuple, mais encore de la civilisation moderne. » Des rédacteurs dont l'embouchure est moins lugubre préfèrent indiquer les « moyens de sauver la société, » toujours menacée, quand les annonces ou les abonnés ne vien-

nent pas. Tout leur sert de prétexte pour sauver
la société, et quand ils n'en ont pas, ils en créent
ou s'en passent.

Le principal est de remplir ses colonnes.
L'histoire de « Jean qui pleure et Jean qui rit »
se renouvelle tous les jours. Les journalistes de
l'opposition remplissent leurs feuilles en attaquant, commentant, disséquant les paroles et
les intentions du gouvernement; ils pleurent sur
« la criseredoutable, etc., » qui se manifeste dans
leur cerveau. Les officieux affirment que tout
est parfait, que nous pouvons dormir en paix
sur nos deux oreilles, et claquent des mains de
leur mieux.

De tous les journaux de l'opposition, le *Temps*
est peut-être celui qui persiste à semer l'inquié-
tude avec le plus de complaisance et de ténacité.
Son bonheur est de nous faire croire que nous
sommes constamment assis sur un Vésuve prêt
à faire irruption. On trouve que cette irruption,—
celle du *Temps*,— se fait bien attendre. Ce journal ne croit pas aux déclarations pacifiques des
ministres, pas plus qu'à celles de l'Empereur.
Depuis un demi-siècle, l'opposition a-t-elle
jamais cru aux paroles du pouvoir dont elle ne

voulait pas ? Pourquoi y croirait-elle puisqu'elle
ne croit même pas à ce qu'elle dit ?

On se rappelle les paroles rassurantes de l'Empereur affirmant au maire de Troyes que ses
administrés pouvaient tranquillement vaquer à
leurs affaires, car rien ne menaçait la paix de
l'Europe. Eh! bien, l'opposition, par les organes de « la ligue de la paix, » répondit à cette
déclaration par une série de nouvelles alarman-
tes, aussitôt démenties que publiées, mais persis-
tantes, pour atténuer les paroles pacifiques pro-
noncées par l'Empereur. Ce petit manége
perfide a le double but de jeter du discrédit sur
la sincérité du gouvernement dans ses affirmations, et de remplir les colonnes d'un journal,
tout en propageant les vaines inquiétudes et le
malaise.

On pourrait bien demander un peu plus de
logique à ces messieurs de l'opposition, mais la
logique et l'opposition se sont tourné le dos ;
elles mourraient d'inanition en s'accouplant.
C'est pourquoi le *Temps*, en octobre 1866, demandait à notre gouvernement de mettre nos
ressources militaires en harmonie avec les besoins de la défense nationale, en rapport avec la

situation nouvelle faite à l'Europe centrale par
la bataille de Sadowa, et qu'aujourd'hui il demande le désarmement de notre pays ; c'est
pourquoi M. Thiers voulait alors que le gouvernement ne se mêlât pas au conflit entre l'Autriche et la Prusse, et qu'il lui reproche aujour-
d'hui de ne l'avoir pas empêché.

Il est un fait acquis désormais à l'histoire :
quand le gouvernement ne dit rien, il a tort, son
silence cache un monde de mystères ; s'il parle,
il a bien plus tort encore, car ses paroles dissi-
mulent sa pensée et signifient le contraire de ce
qu'il dit. Lorsque l'Empereur dit, en quittant
le camp de Châlons, qu'il ne dirait rien, ces paroles et ce silence étaient gros d'événements.
Quand il agit, il a de plus en plus tort, car il ne
doit rien faire sans en demander la permission à
MM. Thiers et Jules Favre et les autres avocats
de la Chambre ; mais quand il n'agit pas.... oh !
pour le coup, il est inexcusable, car « il abaisse
la France. »

La position du gouvernement, on le voit,
n'est pas des plus commodes ; l'Empereur ne
saurait parler au moindre garde champêtre ou
pêcher à la ligne sans mécontenter l'opposition

ou troubler la paix du monde. L'Empereur n'est pas même un homme, il ne peut pas répandre des bienfaits autour de lui, embrasser son fils, sans avoir quelque dessein secret !

« Nous voulons que le gouvernement ait une politique quelconque, mais qu'il nous dise celle qu'il veut suivre. » Voilà ce qu'un journal dit, ce que vingt journaux répètent, chaque fois que le chef de l'État parle ou se tait, agit ou attend. Le journalisme de l'opposition imprime trois cent soixante-cinq fois par année la fable de La Fontaine : *L'âne, le paysan et son fils.* Cette fable devient de la sorte une histoire quotidienne. Ah ! vraiment, nous ne sommes pas inventeurs ; on ne peut guère appliquer à la presse le reproche d'inconstance, car, depuis trois quarts de siècle, elle n'a rien inventé, rien innové, elle s'est toujours copiée, toujours répétée.

Nous voulons que le gouvernement nous fasse connaître sa politique. Ce vœu, tout légitime qu'il soit, me paraît un peu puéril et difficile à réaliser, car la politique est multiple et non pas une ; elle est variable et non pas absolue. Les principes peuvent être absolus, mais la politique est rien moins que cela. La politique du passé !

nous la connaissons et la blâmons ! Celle du présent ! on nous l'indique et nous n'y croyons pas. Celle de l'avenir ! mais celle-là se divise en politique inconnue et en politique prévue.

Ici, le désaccord est assez général dans la presse. Les uns veulent la paix, et d'autres la guerre ; les uns veulent les frontières du Rhin pour boire le vin sans payer d'entrée, d'autres se contentent de boire ce vin en payant ; les uns demandent le désarmement, d'autres réclament des chassepots. Le gouvernement ne peut donc pas satisfaire ces réclamations contradictoires ! En outre, s'il connaît l'avenir, comme M. Mathieu de la Drôme, il ne peut pas crier à nos voisins : — Messieurs, il fera beau temps, vous pouvez faire ce que vous voudrez, nous ne bougerons pas. Il peut encore moins leur dire : — Le temps est à l'orage, préparez-vous à voir de la grêle !

La politique de l'avenir dépend beaucoup plus des événements que du pouvoir, et si celui-ci peut la diriger, il ne peut pas dire : — A telle époque, il y aura quarante degrés Réaumur ou température moyenne ; car ce ne serait plus de la politique, mais du charlatanisme ou de la folie. La politique varie selon les circonstances, et les journaux de l'opposition nous en offrent de singuliers exemples, lorsqu'elle prêche tantôt l'intervention, tantôt la non-intervention dans telle ou telle question, et quelquefois dans la même question.

Henri IV, qui voulait l'abaissement de l'Autriche, n'avait pas la même politique que Louis XV et Louis XIV qui s'en déclarèrent les alliés. La France a-t-elle suivi la même politique de 1789 à 1815 ? N'a-t-elle pas suivi tantôt celle des nationalités et tantôt celle des conquêtes ? A-t-elle jamais tenu la balance égale entre les peuples ? De 1815 à 1848, la France n'a-t-elle pas approuvé ou subi tantôt la politique de l'équilibre et tantôt celle des nationalités ? N'a-t-elle pas approuvé ou subi, dans la suppression de la république de Cracovie et dans l'établissement des royaumes de Grèce et de Belgique, des modifications à ce qu'elle avait signé aux congrès de Vienne et à celui de Vérone ?

Qui donc oserait aujourd'hui dire à l'empereur de Russie ce que beaucoup pensaient alors, et ce que M. Villemain osa dire en pleine Académie à l'empereur Alexandre, le 21 avril 1814 ?

Les hommes de l'opposition ont peut-être oublié
ces félicitations pompeuses qu'on a, du reste, fait
disparaître du *Moniteur* du 22 avril de cette
époque, mais qui sont trop édifiantes pour ne
pas être reproduites. On sait qu'Alexandre, à
l'exemple de Pierre le Grand, voulut assister à
une séance de l'Académie. M. Villemain, qui
venait de remporter un prix de littérature, fut
choisi pour lire son discours en présence du
czar. Cet honneur ne lui suffisant pas, il inter-
rompit son discours pour féliciter Sa Majesté
dans les termes suivants :

« Quand tous les cœurs sont préoccupés de
cette auguste présence, j'ai besoin de demander
grâce pour la distraction que je vais donner.
Quel contraste, d'un si faible intérêt littéraire et
d'un semblable auditoire !

» Les princes du Nord qui vinrent autrefois
assister à ces mêmes séances prévoyaient-ils
qu'un jour leurs descendants y seraient amenés
par la guerre? Voilà les révolutions des empires!
Mais sur les âmes généreuses le pouvoir des arts
ne change pas. Devant l'image des arts, les monarques armés s'arrêtent comme les monarques
voyageurs; ils la respectent dans nos monuments,

dans le génie de nos écrivains et dans la grande renommée de nos savants.

» L'éloquence ou plutôt l'histoire célébrera cette urbanité littéraire, en même temps qu'elle doit raconter cette guerre sans ambition, cette ligue immortelle et désintéressée, ce royal sacrifice des sentiments les plus chers immolés au repos des nations et à une sorte de patriotisme européen. Le vaillant héritier de Frédéric nous a prouvé que les chances des armes ne font pas tomber du trône le véritable roi, qu'il se relève toujours, noblement soutenu par les bras de son peuple et demeure immuable parce qu'il est aimé.

» La magnanimité d'Alexandre reproduit à nos yeux une de ces âmes antiques, passionnées pour la gloire. Sa puissance et sa jeunesse garantissent la longue paix de l'Europe. Son héroïsme, épuré par la lumière et la civilisation moderne, semble digne de perpétuer l'empire, digne de renouveler, d'embellir encore l'image du monarque philosophe, présentée par Marc-Aurèle, de montrer enfin sur la terre la sagesse armée d'un pouvoir aussi grand que les vœux qu'elle forme pour le bonheur du monde. »

9

Ce pathos académique nous montre à quel point l'esprit de parti fait descendre les hommes dans certaines circonstances. Varier de politique avec les variations du temps, dénigrer son pays, faire l'éloge des ennemis qui nous mettent le pied sur la gorge, au cœur même de notre patrie, ce sont les palinodies touchantes, le patriotisme sincère, la tactique honorable de certains esprits. Nous y sommes habitués, mais cela n'empêche pas le rouge de nous monter parfois au visage.

Le gouvernement a toujours été, depuis des siècles, et sera toujours, jusqu'à la fin des siècles, une cible pour les hommes qui ne sont pas au pouvoir. Autrefois c'était la noblesse qui conspirait contre le souverain pour saisir les rênes de l'État. Depuis 89, c'est la fausse démocratie qui remplace la noblesse dans nos troubles publics; seulement, l'on verra plus loin que personne n'est moins démocrate et moins libéral que ceux qui se sont servis de ce drapeau et s'en servent encore pour renverser les gouvernements établis et se mettre à leur place.

XII

COMME QUOI LE BONNET PHRYGIEN N'EST QU'UN ÉTEIGNOIR D'EMPRUNT BON POUR LES CABARETS

La bonne foi des journalistes n'est pas seulement compromise par les intérêts particuliers du journal dans lequel ils écrivent, par la couleur et les traditions de ce journal qu'il faut subir, elle est encore rendue presque impossible pour une bonne partie de ces écrivains. La lecture des journaux du jour, la quête aux nouvelles, la rédaction des articles, la correction des épreuves, les devoirs de famille et de société prennent tout le temps des journalistes, de sorte qu'ils n'ont pas le loisir de s'instruire dans les questions qu'ils traitent, et ne peuvent en parler sagement, loyalement, avec connaissance de cause.

Mais il ne suffit pas de dire que la bonne foi

des journalistes de l'opposition n'est guère possible, n'est guère admissible, et qu'ils mettent beaucoup trop de bonne volonté dans les absurdités qu'ils écrivent contre le gouvernement, il faut encore démontrer leur ignorance et leur hostilité systématique autant qu'intéressée dans la lutte qu'ils soutiennent contre le pouvoir pour le discréditer. A mon avis, dans les questions d'actualité, et par conséquent les plus faciles à contrôler, la question italienne et la question mexicaine sont celles qui ont porté les plus rudes coups à l'Empire et qui nous découvrent le mieux les ficelles de la presse en matière d'opposition.

Tout le monde connaît l'histoire politique, militaire et diplomatique de ces deux questions, mais ce qui est moins connu, ce sont les ficelles manœuvrées dans les coulisses, et qui mettent à nu les artifices, les « convictions » et la logique des journalistes qui ont amené les merveilleux résultats obtenus dans ces deux questions. Tout cela est tellement drôlatique que je ne puis résister au plaisir d'intercaler ici une page d'histoire contemporaine, comme on n'en écrit pas.

On sait que le Piémont avait de vieilles am-

bitions, non légitimes, mais naturelles; il avait
l'ambition de ces malheureux qui, passant devant une maison de change, désirent l'or et les
billets dont ils ne sont séparés que par une grille
et des sergents de ville. Briser la grille, assom-
mer les sergents de ville, ne sont pas choses faciles à faire. Le Piémont désirait s'agrandir aux
dépens des nationalités italiennes et de l'Autriche, mais il ne pouvait le faire sans le secours
des révolutionnaires et de la France. Que fit-il
alors? Il s'attacha la presse radicale et tendit la
main à Mazzini !!!

Le congrès de Paris n'ayant fait que prendre
date des aspirations de M. de Cavour, les radicaux désappointés se rapprochèrent du parti
Mazzini. Ces honnêtes gens inventèrent les
bombes Orsini qui firent leur apparition en
1858. Les uns ont dit que la guerre de 1859 est
sortie de ces bombes; les ministres, ennuyés de
cette question italienne qui faisait tant de bruit
et de victimes, auraient voulu s'en débarrasser
tout d'un coup, comme si le droit et la justice
n'étaient pas les seuls exécuteurs testamentaires
des questions politiques ou sociales! D'autres
affirment que la guerre est venue de l'idée d'une

confédération latine ; comme si l'Espagne et l'Italie ne nous détestaient pas trop pour devenir jamais nos alliées !

Je ne sais quel fut le vrai mobile de cette guerre ; mais si j'étais chef d'État, je livrerais les assassins au bourreau, leur politique au mépris des peuples, et ne ferais pas ce qu'ils demandent le poignard en main. Entre le poignard d'un assassin et la poitrine d'un souverain, il y a l'œil de Dieu, et cet œil vigilant ne se détourne de son objectif que lorsqu'il doit châtier une dynastie, éprouver un peuple. Depuis Henri IV, combien d'attentats n'ont-ils pas été commis contre des souverains ? Si je ne me trompe, Louis-Philippe seul en a dû compter dix-sept ! Combien ont réussi ? Pas un.

Après l'attentat d'Orsini, la presse radicale, acquise à M. de Cavour, proclama d'un air convaincu le principe de la solidarité des peuples, c'est-à-dire de l'intervention. Ce principe, elle l'exaltait alors dans la question italienne, elle l'exalta dans la question polonaise, le blâma violemment dans la question mexicaine, dans celle de l'extrême Orient, et, plus tard, dans cette même question italienne. On voit que la

conscience politique de nos hommes de l'opposition est très-élastique, et que leurs principes
varient avec les circonstances. Principes et convictions, — ficelles ! Tout cela change et se
contredit, selon les intérêts du moment.

Par condescendance pour les clameurs radicales, prises sans doute par le gouvernement pour
des clameurs nationales, nous allâmes dépenser
notre or et verser notre sang pour l'agrandisse-
ment du Piémont. Il ne faut pourtant pas être
injuste en limitant la guerre à ce but si contraire à nos propres intérêts. Solferino devait
nous donner une partie de nos frontières naturelles, et détruire en Italie l'influence d'une
puissance rivale que nous combattons depuis
plus de trois siècles, dans ces mêmes plaines de
la Lombardie qui devaient voir enfin notre
triomphe.

Rien ne manqua pour donner à cette expédition tout le luxe possible, toutes les chances de
succès. L'Empereur se mit à la tête de l'armée,
dirigea les opérations, et le prince Napoléon fut
chargé d'opérer sur la droite. L'Empereur re-
poussa les Autrichiens, et les défit dans deux
grandes batailles. Le prince, parti de Florence

avec le 5ᵉ corps, ajouta Parme et Modène aux
palmes qu'il avait déjà conquises sur les colli-
nes de l'Alma. Il lui fut sans doute pénible de
s'emparer en passant du petit duché d'une
femme, d'une femme qui n'avait peut-être pas
quatre canons pour se défendre ; mais les nécessités de la guerre et de la politique imposent
souvent des sacrifices désagréables aux plus
grands courages, comme aux âmes les plus
grandes.

La vue de tant de sang versé pour un peuple
qui nous a toujours détestés et nous détestera
toujours, nous fit remettre l'épée au fourreau.
Nous avions doublé les États de Victor-Emmanuel. Nous eûmes les préliminaires de Villafranca, dont l'exécution devait consolider la
paix, sauvegarder nos intérêts et laisser l'Europe
en repos. Mais la politique piémontaise était
celle de la démocratie nationale, formulée par
l'axiome vulgaire : « L'appétit vient en man-
geant, » surtout quand on ne paye pas la carte.
Le Piémont voulut prendre toute l'Italie pour
son propre compte. On dit que M. de Cavour
dépensa quatre millions de fonds secrets pour
faciliter cette annexion ! C'est peu de chose.

La presse radicale continua de battre la grosse caisse pour le Piémont, avec un redoublement de forces ; car le Piémont faisait doublement les affaires du parti représenté par le *Siècle*, l'*Opinion nationale*, les *Débats*, etc. Néanmoins, si nous n'étions pas fâchés de faire payer aux souverains de l'Italie quelques arriérés, nous ne pouvions pas laisser tomber Rome entre les mains du Piémont. Après nous être battus pour sauver des mains de la Russie le patrimoine de Mahomet, nous ne pouvions décemment contribuer à voir le patrimoine de l'Église et de Charlemagne devenir la proie d'un petit pays qui fut toujours ligué aux Autrichiens, aux Espagnols et aux Anglais, contre la France.

C'est pourtant ce que voulait la presse radicale, inspirée par son fanatisme contre l'Église catholique et par... M. de Cavour. Des Lopès italiens furent vite trouvés pour vendre les Deux-Siciles ; les Anglais, — on verra bientôt pourquoi — aplanirent la route à Garibaldi qui aurait pu prendre Naples en bonnet de coton, avec un parapluie sous le bras. Naples, vendu, se donna sans tirer un coup de fusil. Les révo-

lutionnaires, voyant le chemin de la conquête
aplani par les fonds secrets, devinrent très-forts;
puis, ils devinrent très-faibles devant les baïonnettes du roi de Naples. M. de Cavour dit alors
qu'il était débordé et envoya Cialdini au secours
des Garibaldiens.

La presse radicale fit aussitôt volte-face et
prêcha la politique de non-intervention, puis
celle des faits accomplis. Cette politique immorale inaugurait le règne de l'audace, du flibus-
térisme et du plus fort, aux dépens du droit, de
l'autonomie des peuples trop faibles pour se défendre, et des nationalités trop petites pour ne
pas se laisser absorber brutalement par le droit
de la force.

L'Angleterre s'empressa d'acclamer avec enthousiasme la politique des faits accomplis qui
satisfaisait ses intérêts, ses rancunes religieuses
et remplaçait la politique de l'équilibre européen dont elle ne profitait guère. L'Autriche la
subit de mauvaise grâce; la Prusse s'en réjouit
au fond du cœur et la Russie s'en frotta les
mains de joie, car elle pouvait désormais rayer
la Pologne du rang des nationalités, comme le
Piémont rayait les Deux-Siciles, la Toscane,

Parme, Modène et la majorité des États de l'Église.

Malheureusement, pour un pays comme le nôtre, où l'on trouve trop de partis et pas assez de Français, la politique des faits accomplis amène des froissements qui pourraient devenir dangereux, si les luttes de drapeaux n'émoussaient pas autant notre orgueil national. Notre patriotisme se réveille au bruit du canon, mais il dort sur le tapis de l'honneur et des intérêts nationaux quand la politique parle. Aussi, sauf les journaux catholiques, presque toute la presse française applaudissait le Piémont lorsqu'il déchira les préliminaires de Villafranca, le traité de Zurich, battit Lamoricière à Castelfidardo, prit Gaëte et les Romagnes.

Quand la presse radicale se réjouissait de ces faits, elle applaudissait, sans s'en douter, à la revanche que lord Palmerston prenait sur nous de l'échec moral subi par l'Angleterre dans la guerre de Crimée et le traité de Paris. C'est de Castelfidardo que date la désaffection des ultra-catholiques et leur désertion progressive du camp impérial. Lord Palmerston n'ignorait pas que le gouvernement français attachait beaucoup de prix à l'alliance anglaise, et que cette alliance ne serait pas compromise par une intervention non officielle de l'Angleterre dans les affaires d'Italie. Aussi, sans dépenser un schelling, mais en favorisant secrètement M. de Cavour, ostensiblement, à Marsala, maître Garibaldi, lord Palmerston préparait Castelfidardo contre nous et contre le Pape. Si l'influence anglaise s'est effacée devant la nôtre dans la guerre de Crimée, la nôtre, à son tour, s'est effacée devant la politique des faits accomplis patronisée par la Grande-Bretagne et la presse radicale pendant cette phase de la question italienne.

La politique des faits accomplis amène, au dehors, la déchéance du prestige national, car elle laisse tout faire au plus audacieux, au plus fort; au dedans, elle inaugure le système des concessions. Elle met un gouvernement au niveau des pouvoirs égoïstes, sinon affaiblis, qui doivent compter avec l'opposition hardie, exigeante. Si l'Europe n'avait pas accepté cette politique, depuis 1860, est-ce que M. de Bismark aurait jamais rêvé l'empire d'Allemagne? Est-ce que Sadowa eût été possible? Est-ce que l'Angleterre serait isolée comme elle l'est?

Dans l'histoire d'un peuple comme dans la vie d'un homme, tout s'enchaîne d'une manière fatale, irrésistible. Une concession appelle d'autres concessions, une défaillance amène d'autres défaillances ; quand on a laissé créer un précédent, il n'est plus possible d'en éviter les conséquences. Notre tolérance pour le Piémont, notre flegme en présence de sa conduite après la guerre de 1859, firent une brèche à cette influence morale que nous avions acquise et qui nous valait le respect ou la crainte du monde entier. Les événements se précipitent alors en dehors de nous, et malgré nous, avec une effrayante rapidité. Nous voyons échouer le congrès des souverains, écraser le Danemark, noyer la Pologne dans le sang, l'Amérique du Nord étouffer les aspirations d'indépendance des confédérés et ruiner le Sud, les Yankees nous prier de quitter le Mexique, M. de Bismark prendre l'héritage de M. de Cavour, abaisser l'Autriche, s'annexer trois États, l'Italie recevoir, en grinçant des dents, la Vénétie de nos mains, déchirer la convention de septembre, nous insulter et nous défier au point de nous obliger à retourner à Rome.

En 1867, nous voyons une seconde édition de l'ancienne ligne italienne qui depuis Charles VIII fit de l'Italie un vaste cimetière français. Victor-Emmanuel a remplacé le doge de Venise, et l'optimiste le plus outré n'oserait affirmer que la nouvelle coalition ne nous sera pas aussi funeste que la première.

En 1858, la France avait atteint un degré de puissance et de gloire qu'elle n'avait pas connu depuis bien des siècles, car le premier empire ne nous avait donné que la gloire militaire sans la puissance stable. L'amour-propre national satisfait se manifestait par des éloges et des sympathies sérieuses que la dynastie impériale acquerrait chaque jour, parmi les indifférents et même parmi les hostiles. L'envie, les ambitions privées, les haines de parti se calmaient ou se tenaient tranquilles. Les révolutionnaires n'étaient plus que des généraux désarmés par la force du gouvernement, l'opinion publique et la prospérité de la patrie. Ces généraux sans armée n'auraient pas trouvé quatre hommes à commander, même le 2 novembre autour des tombes républicaines. L'opposition parlementaire était nulle et sans retentissement.

Pourquoi ne pas reconnaître que 1868 n'offre

plus ce caractère de satisfaction générale, d'apaisement, de gloire et d'influence que nous avions il y a dix ans? Pourquoi nier les leçons de l'histoire et se voiler les yeux devant les faits accomplis? Pourquoi ne pas profiter des enseignements donnés par la logique des faits??? Mais arrivons à la dernière phase de la question italienne.

Cette question a subi dans la presse bien des métamorphoses depuis 1859! Les unionistes piémontais et les radicaux français ont fini par en faire une question romaine, puis une question du pouvoir temporel. Comme nos Proudhon du journalisme politique ne sont pas très-forts sur les principes, ils disent bien : Laissez la Pologne aux Polonais ; mais ils n'y ajoutent pas : Laissez Rome aux Romains. Loin de là, Rome, selon eux, doit appartenir aux Piémontais, qu'ils baptisent du nom générique d'Italiens, quoique les Piémontais soient les moins Italiens de la Péninsule. Au reste, il me semble que les Romains ne sont pas des Cosaques, et qu'ils ne deviendraient guère plus Italiens en étant gouvernés par la Maison de Savoie, qu'ils ne le sont actuellement en étant gouvernés par un Italien?

Unionistes et radicaux se sont fâchés, parce que, ne pouvant pas toujours seconder les Piémontais dans la voie des envahissements coupables, nous les avons forcés en 1867 à redevenir honnêtes, relativement à la convention de septembre. Cette grande colère paraîtrait étrange si l'on ne voyait pas tous les jours des perturbateurs de l'ordre public et des *pick-pockets* crier contre les agents de l'autorité qui les emmènent au poste. Ce qui paraît moins naturel aux hommes d'honneur, aux hommes aimant leur patrie par-dessus tout, c'est de voir nos journaux coiffés du bonnet phrygien s'irriter, comme les Piémontais, contre la France, de ce qu'elle ne favorise pas la violation des droits du peuple romain, des traités internationaux, qu'elle n'encourage pas la politique machiavélique du cabinet de Florence et les exploits de grandes routes des flibustiers garibaldiens. Cela n'a pourtant rien d'étonnant ; le bonnet phrygien a-t-il été jamais autre chose qu'un éteignoir d'emprunt bon pour des chandelles de cabaret ?

XIII

OU L'ON VERRA QUE LA POSTÉRITÉ DU MASQUE DE FER ET DU CHEVALIER D'EON N'EST PAS PERDUE

Le 19 juillet 1859, l'Empereur disait aux sénateurs, venus à Saint-Cloud avec le Corps législatif et le conseil d'État pour le complimenter : « Pour servir l'indépendance italienne, j'ai fait la guerre contre le gré de l'Europe ; dès que les destinées de mon pays ont pu être en péril, j'ai fait la paix. » Le 3 juillet 1862, l'empereur écrivait au général Forey : « Dans l'état actuel de la civilisation du monde, la prospérité de l'Amérique n'est pas indifférente à l'Europe, car c'est elle qui alimente nos fabriques et fait vivre notre commerce. Nous avons intérêt à ce que la république des États-Unis soit puissante et prospère, mais nous n'en avons aucun à ce qu'elle

s'empare de tout le golfe du Mexique, domine,
de là, les Antilles ainsi que l'Amérique du Sud,
et soit la seule dispensatrice des produits du
Nouveau Monde. Nous voyons aujourd'hui, par
une triste expérience, combien est précaire le
sort d'une industrie qui est réduite à chercher
sa matière première sur un marché unique,
dont elle subit toutes les vicissitudes.

» Si au contraire le Mexique conserve son indépendance et maintient l'intégrité de son territoire, si un gouvernement stable s'y constitue
avec l'assistance de la France... nous aurons
établi notre influence bienfaisante au centre de
l'Amérique, et cette influence, en créant des
débouchés immenses à notre commerce, nous
procurera les matières indispensables à notre
industrie. »

La presse radicale, qui ne niait pas le but de
notre expédition en Italie et ne s'en possédait
pas de joie, nia celui de notre expédition au
Mexique et déclama tellement contre cette expédition qu'elle la fit avorter. La première devait
établir sur nos frontières une puissance hostile
jusqu'à la plus noire ingratitude ; la seconde,
entreprise uniquement pour une question

d'honneur national et d'intérêt national, devait
enlever aux Américains le monopole du marché
colonial, nous affranchir de leur omnipotence
sur ce marché, nous en créer un pour notre industrie et nous donner de vastes débouchés pour
notre commerce,

Dans la question mexicaine on ne sait ce qu'il
faut admirer le plus dans la presse radicale : ou
de son honteux manque de patriotisme ou de son
insigne mauvaise foi. Les discours prononcés
aux chambres espagnoles, les documents offi-
ciels anglais, espagnols et français, les documents inédits que j'ai publiés dans mon *His-*
toire du Mexique prouvent de la manière la plus
indiscutable que nous n'allions au Mexique que
pour des questions d'honneur et d'intérêt. Les
correspondances inédites des présidents, ministres et généraux de la république mexicaine, de
l'archiduc Maximilien et de la régence, également publiées dans cette *Histoire*, prouvent en
outre que la monarchie, longtemps désirée au
Mexique, fut sur le point d'être rétablie en faveur d'un prince étranger par les présidents
Parédès et Santa-Anna, et que la couronne fut
enfin offerte par les Mexicains à l'archiduc

Maximilien, avant que la France en sût rien,
avant que la triple expédition fût décidée.

Mais pour la presse au fameux bonnet phrygien, la vérité historique, l'honneur national,
les intérêts de notre commerce et de notre industrie, pesaient trop peu de chose devant les
dangers que devait courir la forme républicaine du gouvernement mexicain à l'approche de nos baïonnettes. Pour elle il n'y
avait pas d'autre question. Il fallait opter entre
l'ignominie jetée sur notre drapeau, notre dé-
cadence dans le Nouveau-Monde en influence,
en crédit, et notre honneur vengé, nos intérêts
sauvegardés, notre crédit consolidé. L'opposition
n'hésita pas, elle plaida pour l'ignominie et de
la manière la plus ignominieuse.

Au souvenir des violences, des exactions et
des assassinats dont nos compatriotes avaient été
victimes, au souvenir des traités violés, elle sub-
stitua les rancunes de parti, elle fit croire à la
France qu'on lui demandait son sang et son or
pour assurer un gain illicite à de misérables
spéculateurs et donner un trône à l'archiduc
Maximilien ; elle discrédita cette malheureuse
expédition dès son début et la fit aboutir à la plus

déplorable retraite. Les Français, comme des moutons de Panurge, se laissèrent convaincre, et l'expédition ne battait plus que d'une aile, même avant l'arrivée du nouvel empereur.

M. Billault avait bien raison de dire : « Ce peuple de France, si merveilleux dans ses vivacités intellectuelles, est ainsi fait, que la plus petite insinuation de ce genre s'en va, grandit, fait son chemin ; et puis, lorsque la vérité arrive elle trouve les esprits ou prévenus ou indifférents, et ce qu'ils ont accepté la veille, ils ne daigneront pas le lendemain en écouter la réfutation, ou s'en souvenir quelques jours après. »

En dépit de tout ce qui a été dit, de tout ce que j'ai publié pour établir la vérité des faits, l'opposition n'en a pas moins continué à dénaturer la question ; elle intervertit les dates, mentit indignement pour faire échouer notre expédition et fit subir au gouvernement un échec qui devint une humiliation pour nous, un désastre pour les intérêts futurs de notre industrie. L'ignorance inouïe de la presse en ce qui concerne le Mexique et le crédit extérieur manifesté par le respect du drapeau, à l'étranger, allait jusqu'à confondre ce pays avec le Pérou. Main-

tes fois j'ai vu dénigrer le Mexique dans le *Figaro*
et d'autres journaux sous le nom de « la patrie
des Incas. » C'est comme si l'on disait que les
Bédouins ont la Russie pour berceau !

Les Anglais, qu'on nous prie toujours d'imiter, mais qu'on n'imite jamais, comprennent
autrement l'honneur et les intérêts nationaux.
Ils savent que la sécurité de leurs compatriotes
à l'étranger c'est le développement de leur commerce d'exportation, et que cette sécurité ne saurait exister sans le respect du pavillon national.
Ils savent que s'il existe pour la prospérité d'un
pays industriel un besoin incessant, c'est celui
de pouvoir expédier sans crainte au dehors les
immenses produits de ses fabriques. Pour la
France surtout, la production se développe
tellement, que sous peine de tomber dans
l'affreuse misère du chômage périodique, il est
indispensable de lui assurer de nouveaux débouchés ; ceux qu'elle a maintenant ne sont-ils
pas insuffisants déjà ?

Mais la presse radicale, pour nuire au gouvernement, faisait aussi bon marché de nos intérêts que de notre honneur. Son hostilité cons-
tante paralysa nos efforts, découragea notre

armée, amortit nos coups, empêcha grand nombre de Mexicains de se rallier à nous et de nous
aider pour sauver leur pays d'une anarchie sans
nom; elle fit relever la tête à Juarez qui, se
voyant appuyé par l'opposition parlementaire
et celle de nos journaux, réunit ses guérillas
dispersées et les lança contre nous; elle eut enfin
pour dernier et le plus humiliant des résultats
celui de faire élever la voix des États-Unis, et
nous forcer à quitter le Mexique plus tôt que nous
ne le devions! Et ces gens-là viendront ensuite
parler de patriotisme! Et la France ne s'indi-
gnera pas contre une pareille audace! Et le
bourgeois, oubliant 1830 et 1848, rira des taquineries mesquines, des luttes électorales et de
toutes ces manœuvres de l'opposition contre le
pouvoir qui couvrent l'horizon de nuages!!!
« Rira bien qui rira le dernier. »

En quelque endroit de la terre qu'il habite, un
Anglais y jouit d'une sécurité qu'aucun citoyen
d'un autre pays n'y peut trouver au même degré. Pourquoi? C'est que tous les pays du monde
savent que la Grande-Bretagne fait croiser ses
nombreux vaisseaux sur toutes les mers pour
protéger ses enfants, et que si le plus obscur des

Anglais était lésé dans ses droits ou dans sa
sécurité, la nation tout entière réclamerait, ou
demanderait à le venger.

Il y a dans le sentiment patriotique, dans
l'unanimité d'élan d'un grand peuple une force
contre laquelle rien ne résiste, une force qui se
fait admirer, respecter et craindre de tous. Quand
l'Angleterre fait une expédition lointaine pour
l'honneur ou les intérêts du pays, lors même
que les sacrifices dépassent les avantages immé-
diats proposés, le peuple anglais, le parlement
et la presse anglaise se taisent; ils secondent le
gouvernement par un patriotique concours ou
par le silence; le prestige du pavillon domine
tous les sentiments, aucune voix n'oserait s'élever pour l'amoindrir, elle serait aussitôt étouffée
par les clameurs de la nation.

L'expédition de l'Abyssinie fut longtemps
débattue; une fois résolue, les Anglais laissèrent
lord Napier détruire la capitale du Négus, tuer
le souverain ou se suicider lui-même, et quand
vint le quart d'heure de Rabelais, pas une voix
ne s'éleva pour reprocher au gouvernement les
énormes dépenses causées par cette expédition.
Ne s'agissait-il pas de l'honneur de l'Angleterre?

Son prestige ne doit-il pas passer avant tout?
Messieurs de l'opposition qui nous dites toujours
d'imiter l'Angleterre, laissez-nous un peu vous
proposer les Anglais pour modèles!

Depuis que Juarez est de retour au pouvoir, la
presse ne parle plus des crimes et des horreurs
qui se commettent au Mexique et de la situation
plus déplorable que jamais dans laquelle se
trouve ce malheureux pays Le système républicain étant rétabli, la presse radicale ne demande
pas autre chose; si la famine et la misère déci-
ment les habitants; si la sécurité n'existe plus,
même dans l'intérieur des villes; si Juarez met
les dames d'honneur de l'impératrice avec les
femmes de mauvaise vie et les fait fouetter parce
qu'elles ne veulent pas balayer les rues, cela ne
regarde pas nos libéraux et nos fanatiques de la
liberté. Du moment où le Mexique est en république, tout est pour le mieux.

Au reste, on dirait que la presse comprend
l'iniquité de sa conduite dans la question mexicaine. Elle jette bien de temps à autre cette expédition à la face du gouvernement, comme un
reproche, mais elle n'en parle presque plus et
ne veut plus en entendre parler. Nos bourgeois

font comme la presse, car, comme elle ils ont
une grande part des tristes résultats de cette
expédition qui devait être, pour l'Europe, la plus
importante de notre siècle.

Le silence de la presse libérale va jusqu'à se
rendre complice d'un fait incroyable à notre
époque et qui soulève l'indignation des cœurs
honnêtes. Je veux parler de la séquestration de
l'impératrice Charlotte. Il est vrai que l'impératrice est une princesse d'un pays qu'on nous
cite également comme un modèle de liberté. Si
le gouvernement français faisait enfermer un
républicain dans une maison de fous, pour cause
de folie, on commencerait par crier à l'arbitraire,
puis on demanderait une enquête. Pour l'impératrice Charlotte, c'est tout autre chose ; pourtant, rien n'est moins prouvé que sa folie.

On sait qu'au mois d'août 1866, elle partit
pour Miramar parfaitement saine de corps et
d'esprit. On sait qu'à Botzen, elle apprit la nouvelle d'une conspiration découverte à Mexico
dans laquelle se trouvaient des membres du
conseil d'État, des généraux, de hauts personnages et que cette nouvelle fut comme un coup
de foudre qui lui fit tomber bien des illusions.

On sait que la famille impériale d'Autriche lui
témoignait une profonde antipathie. On sait
que, partie du Mexique avec la ferme conviction
qu'elle obtiendrait tout ce qu'elle voudrait du
cabinet des Tuileries et de la cour de Rome,
elle fut doublement déçue. On sait enfin qu'elle
donna des preuves d'une grande exaltation
d'esprit, lors de son entrevue avec le Souverain-
Pontife.

Que se passa-t-il à Miramar avant son voyage
à Rome? Que s'y passa-t-il à son retour de Rome?
On l'ignore également. On a dit que M. de
Bombelles, intime ami de l'empereur Maximilien, était resté huit mois sous le même toit que
l'impératrice Charlotte, sans qu'il lui fût permis
de lui parler. On a publié que la reine des Belges avait enlevé, pour ainsi dire, sa belle-sœur
de ce palais. On a dit bien des choses... Mais ve-
nons au fait.

Lorsque la reine d'Angleterre, qui aime beaucoup l'impératrice Charlotte, vint en Suisse,
tout le temps que S. M. resta sur le continent,
les journaux belges nous donnèrent constamment
des nouvelles désespérées de la santé morale et
physique de la veuve de Maximilien. Depuis la

rentrée de la reine dans la perfide Albion, ces mêmes journaux devinrent muets sur le sort de la veuve. Avait-on peur à Bruxelles que la reine Victoria ne manifestât le désir d'aller à Laeken ? C'est probable.

Certes, il est difficile de croire qu'en plein xix⁰ siècle, on puisse séquestrer une princesse par des raisons financières et, peut-être, politiques ; mais il faut avouer que les preuves de folie manquent tout à fait, et que celles publiées par la presse belge sont aussi contradictoires qu'insensées. Les dieux de la terre, comme ceux de l'Olympe, ne sont pas parfaits ; les petites passions humaines les aveuglent quelquefois et leur font commettre des actions que réprouve la sagesse. Serait-ce quelque intérêt de famille qui aurait fait prendre vis-à-vis de la pauvre veuve ce système de réclusion abandonné depuis longtemps des médecins spéciaux, comme développant la folie, au lieu de la guérir ?

A Laeken, deux dames d'honneur, plus ou moins inconnues de la haute société belge, ne quittent jamais l'impératrice. Des ordres sévères sont donnés à son entourage. Personne ne peut communiquer avec « la princesse, » sans l'au-

torisation du roi. Je dis : princesse, car on ne
lui donne même plus son titre, qu'elle a pourtant payé assez cher pour qu'on le lui laissât
dans son infortune. Très-peu de lettres adressées
à l'impératrice ou bien écrites par elle parviennent à leur adresse. Les lettres qu'elle reçoit
sont décachetées et lues ; celles qu'elle écrit
sont décachetées, lues et recachetées. Les personnes qu'elle désire voir, les amis de son mari,
les ministres étrangers ou belges ne peuvent ni
lui faire parvenir une lettre, ni la voir sans
l'autorisation royale qui n'est presque jamais
accordée.

La folie étant un malheur et non pas une
honte, pourquoi ces mesures rigoureuses qui
livrent la princesse à la solitude la plus injuste
et la plus équivoque ? Pourquoi laisser son esprit continuellement livré à lui-même ? Pourquoi ne pas lui laisser les distractions et le plaisir de voir les personnes auxquelles elle désire
parler ? Le roi Georges IV — si je ne me trompe
— était traité plus intelligemment, disons le
mot, plus humainement, et lorsque à l'ouver-
ture du Parlement il commença son fameux discours, en disant : « Mes seigneurs les dindons ! »

10.

les lords rirent sous cape, mais ne se formalisè-
rent pas de la folie de leur roi.

On nous a dit que, se croyant empoisonnée,
l'impératrice ne mangeait plus. Puis, on a publié qu'elle jetait par les fenêtres les meubles et
les matelas de sa chambre. Mais, on ne nous a
pas dit comment une femme, une femme faible,
puisqu'elle ne mange pas, pouvait, malgré ses
dames d'honneur et ses domestiques, jeter son
mobilier par les fenêtres? Je ne connais pas les
matelas de Laeken, mais en supposant qu'ils
ne sont ni plus gros ni plus grands que
ceux de nos bourgeois du Marais, il me semble qu'une femme doit avoir assez de peine pour
les empoigner d'une main, ouvrir les fenêtres
de l'autre, repousser ses dames d'honneur, du
pied ou d'une troisième main, et jeter les matelas dans la cour !

On nous dit encore : « Autrefois la princesse
était emportée, volontaire ; aujourd'hui, elle est
douce, calme, soumise à tout; voilà l'effet de sa
folie ! » Quand elle dit : « Enfin, je suis veuve
et maîtresse de ma personne comme de ma fortune, je veux vivre libre et tranquille chez moi. »
N'est-ce point une preuve de folie? En effet,

cette folie est même dangereuse, car la princesse pourrait réclamer Miramar, les millions de son père, l'héritage de son mari et proclamer la nullité des arrangements de famille passés à son insu entre la cour de Vienne et celle de Bruxelles. « Enfin, ajoute-t-on, si la princesse n'était pas folle, pourquoi ne prendrait-elle pas son chapeau, le chemin de fer et n'irait-elle pas à Londres auprès de la reine ou des princes d'Orléans ? » On oublie les dames d'honneur, les domestiques, les gardes qui sont à la grille de Laeken, en un mot, tout le monde qui la surveille, et les journaux dévoués qui ne manqueraient pas de crier : « Vous voyez bien qu'elle est folle, puisqu'elle veut sa liberté ! »

On se rappelle que son père, Léopold Ier, avait une grande estime, une confiance qui allait jusqu'à l'amitié la plus profonde pour le comte Blondel. Ce diplomate distingué, fin, loyal, voulait se retirer de la diplomatie, mais il dut céder aux instances du roi qui l'envoya le représenter auprès de sa fille à Mexico. M. Blondel était au Mexique moins le représentant de la Belgique qu'un sage conseiller donné par Léopold Ier aux jeunes souverains. Aussi, lors

de son voyage au Yucatan, en 1865, l'impératrice voulut-elle avoir M. Blondel auprès d'elle,
en qualité de compagnon de voyage. Dernièrement, à Laeken, l'impératrice, désirant le re-
voir, le fit demander.. M. Blondel se présenta
de suite chez le roi pour obtenir la permission
de se rendre à cette invitation.

— Non, ce n'est pas possible, répondit le roi,
la princesse est folle.

— Permettez-moi, Sire, au moins de me
faire excuser auprès d'elle.

— Je vous excuserai moi-même ; je m'en
charge.

Telle fut la réponse royale. Un souverain qui
prend un tel rôle, c'est curieux.

— Et Blondel, pourquoi ne vient-il pas? demanda l'impératrice peu de temps après cette
entrevue.

— Il est ministre à Madrid, lui répondit-on.

— Eh bien ! vous lui enverrez cette photographie à Madrid ; vous entendez bien, à Madrid, ajouta-t-elle, en appuyant sur ce mot avec
un ton d'ironie et de doute.

Cette photographie était celle d'un dessin fait
par le prince de Joinville, représentant l'em-

pereur enveloppé du drapeau mexicain, debout
dans une barque agitée par l'Océan et menaçant
de sombrer. Le 4 novembre 1868, jour de sa
fête, elle reçut des lettres de félicitations des
principaux personnages de l'empire, exilés par
la république. L'on m'a donné connaissance
de plusieurs des réponses qu'elle fit à ces lettres.
L'une, en anglais, écrite à la princesse Itur-
bide, tante et gouvernante du petit prince adopté
par l'empereur, avait quatre pages ; on n'y
trouve pas une faute d'orthographe, pas une
faute de grammaire, pas un mot qui révèle un
esprit troublé.

« — Ah ! dit-elle dans cette lettre, je comprends combien votre mère a dû souffrir quand
on a fusillé son mari. »

Les autres lettres, écrites en espagnol, en alle-
mand et en italien, témoignent également d'un
esprit le mieux assis et de l'intelligence la plus
lucide. Comme depuis son retour du Mexique,
nous n'avons eu que des lettres pour juger de
l'état mental de l'impératrice, il est permis de
croire que si quelques instants d'exaltation ont
troublé sa raison à Rome, sa raison a bientôt
repris ce calme et cette clarté qui décelaient dans

cette infortunée princesse une des grandes intelligences politiques de notre époque.

Je ne suis pas le seul à croire qu'un mystère est caché sous la prétendue folie de l'impératrice Charlotte ; j'ai derrière moi une légion d'incrédules. Je ne suis pas le seul à trouver étrange qu'une princesse inoffensive, qui n'a plus son mari pour la protéger, soit séquestrée de la sorte. Nous ne sommes plus au siècle du *Masque de fer*. Le temps est passé où des raisons d'État imposaient des cotillons au chevalier d'Eon pour sauvegarder l'honneur de la reine d'Angleterre et la légitimité de Georges IV. La presse radicale ne devrait pas l'oublier, et puisqu'elle se fait le Don Quichotte de la liberté, ne devrait-elle pas demander celle de l'impératrice Charlotte ?

XIV

COMME QUOI L'HOMME N'EST PAS PARFAIT NI LES FONCTIONNAIRES, ET COMBIEN COÛTENT LES CONVICTIONS.

Si le gouvernement n'a pas de chance avec la presse, il n'en a pas davantage avec ses employés. Les libertés politiques sont de fort belles choses, — moins belles pourtant que l'égalité devant la loi, — mais, pour les faire passer dans nos mœurs naturellement et sans perturbation sociale, il faudrait commencer par détruire l'empléomanie qui a été, est encore et sera toujours en France le ver rongeur de tous les gouvernements. — « Autrefois, me disait un prêtre de Lyon, il n'y avait qu'un secrétaire à l'archevêché, et tout allait bien ; aujourd'hui ils sont quatre, et tout va mal. » Ne pourrait-on pas en dire autant de la plupart de nos administrations? M. Jules Richard, qui dit souvent de fort bonnes choses dans le *Figaro*, et que je me plais d'autant plus à citer qu'il a voulu « m'éreinter » à propos de mon *Histoire du Mexique*, disait récemment que le fonctionnaire tendait toujours à la dictature. Dans un excellent article sur les employés et sur l'avancement par faveur, il démontrait que cet avancement était beaucoup plus donné à des hommes qui n'avaient d'autre peine que de donner leur signature et de toucher de gros appointements qu'à ceux qui font la besogne et auxquels les gros appointements devraient revenir par droits de mérite et de travail.

M. Jules Richard conclut en disant que « si le gouvernement veut savoir pourquoi les employés votent contre lui dans les élections, il n'a qu'à considérer ce qu'il ne fait pas et ce qu'il pourrait faire pour eux. » M. Richard aurait raison s'il ne s'agissait que de supprimer la faveur en matière d'avancement, mais ceci n'est rien ; c'est une vraie réforme, une réforme radicale qu'il faudrait introduire dans l'administration, et qui susciterait autant de mécontentement qu'en a suscité la liberté de commerce.

Ces sortes de révolutions dans nos habitudes ne s'opèrent pas facilement. On a vu qu'à propos des receveurs généraux, si je ne me trompe, l'Empereur et même le ministre des finances voulaient réaliser une économie de quelques millions, et qu'ils n'obtinrent qu'une réforme insignifiante. Il faut des employés dans l'État, comme il en faut dans le commerce, l'industrie, le journalisme, en un mot, partout; mais ils sont trop nombreux, trop mal payés, et par conséquent ils deviennent grincheux, paresseux, et font du petit despotisme dans le petit cercle de leurs attributions.

Pourquoi le gouvernement n'aurait-il pas le courage de faire pour son administration ce qu'il a fait pour la liberté de commerce ? C'est-à-dire de rompre avec la routine, de diminuer le nombre des employés, d'augmenter les appointements de ceux qui resteraient, et d'exiger d'eux plus d'activité dans les affaires. Les bureaux regorgent d'employés qui ne font rien ou pas grand'chose; lorsque deux ou trois d'entre eux, du même bureau, sont absents pour maladie ou congé, la besogne se fait tout aussi bien. Puisqu'ils ne sont pas indispensables, ne vaudrait-il pas mieux qu'ils rapportent à l'État par leur industrie, au lieu de lui coûter pour un travail qu'ils ne font pas ?

Non-seulement les employés constituent pour l'État une grande perte de force et d'argent, mais ils forment, en outre, une vaste pépinière d'ennemis du pouvoir. Lorsque le général Cavaignac se présenta pour la députation, un employé des finances me dit que *six cents* de ses collègues, dans ce ministère, avaient voté pour Cavaignac contre le candidat du gouvernement. Cette situation n'indique-t-elle pas un mal auquel il faut remédier au plus tôt ? Ces employés ne font-ils pas payer au gouvernement les bévues, les maladresses et les petits actes arbitraires de leurs chefs ? En élaguant un certain nombre des inutiles, en les obligeant à consacrer leur temps et leur intelligence dans le commerce, l'industrie ou les arts, le gouvernement réaliserait des économies considérables sur son budget, se débarrasserait d'une multitude de jeunes gens hostiles, et couperait court aux plaintes sans nombre qui se produisent journellement contre les procédés et les lenteurs de l'administration.

On dit souvent : « Ah ! si l'Empereur le savait ! » Je crois, en effet, qu'il se commettrait moins d'abus et que le gouvernement impérial aurait moins d'ennemis ou d'indifférents, si l'Empereur connaissait les actes arbitraires commis fréquemment par ses agents. En voici un qui se renouvelle trop souvent pour ne pas en signaler les conséquences fâcheuses.

M. un tel est employé dans une préfecture ou dans un ministère depuis dix ans, vingt ans, et même davantage. Ses appointements sont disproportionnés à sa besogne ; ils sont insuffisants pour nourrir sa femme et ses enfants, mais il travaille à ses moments perdus et même la nuit pour combler le déficit de son budget. Il travaille à son bureau comme plusieurs nègres et plus qu'il ne doit pour obtenir de l'avancement. Un jour, on vient lui dire :

— Votre chef immédiat, M. X..., a de l'avancement ou s'en va, mais ce n'est pas vous qui le remplacerez.

— Et qui donc peut le remplacer ?

— M. Chose.

— Qu'est-ce que c'est que ça ?

— Oh ! c'est un gentil garçon de vingt-cinq ans au plus, mais fortement recommandé par M. Machin.

Voilà donc que M. Chose tombe comme une bombe dans une préfecture, un ministère où il était inconnu et passe d'emblée par-dessus la tête de ceux qui blanchissent, vieillissent dans l'administration, en connaissent tous les rouages et sont au courant des affaires comme personne.

M. Chose est charmant, c'est possible; il a des talents, je le suppose; il a des qualités, je l'admets; il désire avoir une place à laquelle il n'a aucun droit, c'est fort bien; mais M. Machin commet une injustice en la lui donnant. Ce n'est pas seulement celui qui souffre de cette intrusion qui s'en plaint, mais encore ses collègues auxquels une pareille préférence nuit également, sa famille, ses amis, en un mot tout un groupe plus ou moins important murmure contre de tels faits et se révolte contre de semblables faveurs.

En province, le gouvernement n'a guère plus de chance avec ses fonctionnaires qu'il n'en a à Paris avec ses employés. En général, ces fonctionnaires obtiennent leur poste comme dans tous les pays du monde, par protection, par intrigue, à la suite de circonstances parfois drôlatiques, souvent aussi par leur mérite personnel, mais rarement par leur tact et leurs convictions politiques.

Comment le gouvernement serait-il bien servi, lorsque ses fonctionnaires ne pensent qu'à se servir eux-mêmes? Je suis loin de dire que les maires, les préfets et les autres fonctionnaires soient des hommes sans mérite, sans tact et sans convictions; mais on en voit plus qu'on ne devrait en voir qui desservent le gouvernement par leurs balourdises, par des économies sordides, le désir de s'enrichir, des actes arbitraires et ces imperfections qui choquent d'autant plus qu'elles sont plus en vue.

Un jour, M. Dufaure, alors ministre de l'intérieur, vit entrer chez lui un brave gaillard, commissionnaire en vins, qui lui proposa sa marchandise.

— Ce n'est pas du vin qu'il me faut, répondit le ministre, mais un sous-préfet.

— Laissez-moi remonter votre cave, elle en a besoin, et je sais ce qu'il vous faut.

— Non, merci, encore une fois je vous dis que ce n'est pas du vin qui m'est nécessaire en ce moment, mais un sous-préfet qui me fasse réussir l'élection de ***.

— Un sous-préfet à *** ! ça me va, nommez-moi ; je vous réponds de votre élection.

— Est-ce sérieux?

— Sérieusement, je vous en réponds.

— Eh bien ! revenez demain, nous en recauserons.

Le lendemain, le commissionnaire en vins fut nommé sous-préfet. Il fit réussir l'élection et devint préfet plus tard. Je crois qu'il l'est encore. Je pourrais citer d'autres nominations moins heureuses que celle-ci. Mais à quoi bon? L'homme n'étant pas parfait, on ne peut demander la perfection aux préfets, et, dans les maladresses qu'ils commettent, il y a souvent autant de la surprise qu'il y en a dans leurs nominations. En voici un exemple pris entre mille.

On sait que les préfets proposent assez souvent pour la décoration des individus dont ils ont besoin, et que l'intérêt se cache plus fréquemment derrière une croix que le mérite.

— Ah ! disait à l'un de mes amis le préfet de X..., en parlant du maire de ***, récemment décoré, vous ne direz pas cette fois que le gouvernement est mal inspiré dans la distribution de ses récompenses. Je viens de faire donner la croix à M. ***.

— Vous avez raison, répondit mon ami; dans un moment de vivacité, M. *** a tué roide un homme d'un coup de bouteille, et dans un moment de réflexion il a fait banqueroute. Pour lequel de ces deux faits l'avez-vous fait décorer?

— Eh bien! franchement, je les ignorais, répliqua le préfet.

Du moment où les préfets eux-mêmes ne connaissent pas mieux leur personnel, comment un ministre pourrait-il connaître tous ceux qu'on lui propose?

En voyant ces fonctionnaires qui font des économies sur leurs appointements, sur les allocations qui leur sont données pour frais de représentation, ceux qui s'enrichissent, on ne sait comment, en quelques années, ceux qui donnent à peine un repas ou une soirée, — il y en a même qui se dispensent du repas le 15 août et le donnent à l'époque des conseils généraux, — on regrette de ne pas voir à la tête de nos préfectures des hommes ayant une fortune toute faite et non pas à faire. Ils courberaient sans doute moins l'échine dans nos salons ministé-

riels, mais feraient bien mieux les affaires du
gouvernement, en songeant moins aux leurs, en
s'appliquant davantage à celles de leurs administrés, et jouissant d'une considération personnelle inattaquable.

On reproche à nos grands fonctionnaires
d'être tout yeux et tout oreilles pour les
hommes de l'opposition et de n'en avoir pas
assez pour les amis dévoués. Aussi, ces derniers
restent-ils trop longtemps dans l'abandon quand
ils sont riches, dans la misère quand ils sont
pauvres. Je crois l'avoir déjà dit : la misère et
l'abandon font, aussi souvent que le dépit, le
découragement et la nécessité, déserter le camp
gonvernemental et renforcer celui de l'opposition ou des mécontents. Hélas! l'humanité n'est
pas plus parfaite que les préfets ne le sont, et
tout le monde n'a pas cent mille livres de rentes
pour se consoler des imperfections de l'homme
en général et du fonctionnaire en particulier.

Aurélien Scholl disait récemment dans le
Gaulois : « C'est dur de servir le gouvernement,
et puis ce n'est pas la mode. Rien à espérer de
ce côté-là ; mon nom voué à l'oubli ; les colonnes
de cinquante journaux fermées, » etc, Rien

n'est plus vrai. Ce qui est pareillement vrai, c'est ce que je disais dans mon *Mexique tel qu'il est*, en parlant de l'empereur Maximilien : « Je ne sais pourquoi l'on voit tant de souverains avoir la manie ou la faiblesse de donner les honneurs, les profits et le pouvoir à des amis ineptes, à des nullités ambitieuses, aux ennemis de la veille? Leurs amis intègres, dévoués, intelligents sont généralement traités avec un sans-façon qui flaire l'indifférence. Il est vrai que ces amis parviennent rarement à s'approcher du trône ; le passage en est obstrué par les envieux ; puis ces amis tendent plus souvent le bras pour défendre le gouvernement que la main pour recevoir.

» Quand on a des amis incapables, craignant les capacités réelles, les dévouements sérieux, mais auxquels on a des obligations quelconques, on met de l'or sur leurs habits et dans leurs poches, on les fait asseoir à sa table, mais on ne leur donne pas le pouvoir, on ne les place pas sur son chemin, car ils disent aux intelligences d'élite, aux cœurs dévoués qui, seuls, peuvent consolider les trônes : Halte-là! on ne passe pas. En semant, d'autre part, le pouvoir, l'or et les

croix parmi les amitiés équivoques, les conver-
sions de fraîche date, on a l'espoir d'affaiblir ses
adversaires et l'on n'a pas la crainte d'immobi-
liser et de mécontenter ses vrais partisans! On a
tort, car tout homme intelligent est une force
active que l'on a contre soi quand on ne l'a pas
pour soi. »

La vérité, je l'ai dit aussi, ne nuit qu'à celui qui
la dit; mais j'aime trop la franchise et ne suis
pas assez intéressé pour déguiser la vérité quand
elle peut être utile à mon prochain. C'est pourquoi je voudrais que le gouvernement m'enten-
dît lorsque je dis qu'il ne faut pas dédaigner
les forces qui lui sont acquises et décourager au
profit de quelques-uns les sympathies du grand
nombre.

Une drôle d'histoire me revient à l'esprit, à
propos de l'assertion de M. Aurélien Scholl;
elle prouve ce qu'il dit: servir le gouvernement
n'est pas seulement dur, quelquefois aussi c'est
onéreux.

Un de mes amis, — on en devinera facilement
le nom, — indigné de voir attaquer avec mauvaise foi le chef de l'État, dans une question sur
laquelle tout le monde pataugeait de la manière

la plus ridicule et la plus irritante, désirait beaucoup se jeter dans la mêlée. Là, franchement, je
ne crois pas qu'aucun ministre fût aussi compétent que lui dans cette question, sur laquelle au
Corps législatif comme dans le public on paraissait ne pas en connaître le premier mot.

— Eh bien! dit un jour à mon ami, quelqu'un de l'administration, pourquoi n'écrivez-
vous pas quelque chose sur ce sujet?

— Parce que, pour clore la bouche à tous les
esprits prévenus ou surpris, il me faudrait faire
une histoire complète et publier les dix mille
documents inédits que je possède et qui donnent
à la politique personnelle de l'Empereur la
raison la plus péremptoire et la plus indiscutable.

— Commencez toujours, puis on verra.

Cet : « on verra » semblait gros de promesses.

Mon ami fit avec ses documents un historique
de la question susdite en deux volumes. Mais au
moment de les publier, les éditeurs libéraux refusèrent de les imprimer parce qu'ils défendaient
le gouvernement, et les éditeurs impérialistes
n'en voulurent pas parce que cette publication
compromettait plusieurs agents du pouvoir et

disait la vérité sous une forme trop peu voilée.
Heureusement pour la publication, et malheureusement pour l'auteur, on lui promit de payer
les frais d'impression. En attendant que les for-
malités nécessaires pour une souscription de ce
genre fussent remplies, mon ami emprunta la
somme et partit pour la Belgique où son travail
fut imprimé.

L'ouvrage parut, la souscription fut oubliée,
les journaux ne voulurent pas parler d'un livre
qui ne leur plaisait en aucune manière; le ministre de la guerre, loin de vouloir y souscrire,
le critiqua; bref, pour ne pas « boire un bouillon » de six mille francs, comme on dit en termes de librairie, l'auteur sollicita d'un autre
ministre une souscription sérieuse.

C'était un maréchal d'une santé chancelante
et qui, par conséquent, ne devait guère plus tenir aux biens de ce monde, lesquels ne tenaient
plus à lui que par un cheveu. Les cheveux d'un
vieillard se comptent. Il pouvait économiser
chaque année sur ses appointements, environ
cent cinquante mille francs, au minimum; il
avait, en outre, la réputation, sinon le devoir,
de protéger les arts et les sciences.

A ces considérations s'en joignaient d'autres
qui changeaient le germe de l'espérance, — mauvaise herbe broutée par les sots et les naïfs, — en
l'épanouissement de la certitude. Ce livre défendait la politique personnelle du souverain auquel le maréchal devait le bâton que le général
Oudinot avait cru tenir dans la main après son
expédition de Rome. Une question de gratitude
grossissait donc le faisceau des espérances de
mon ami.

Amère déception! Mon ami fut reçu comme
un solliciteur qui ne savait pas même faire la
courbette. Son Excellence ne lui offrit pas le
moindre escabeau pour s'asseoir, et, tout le
temps de la conversation qui fut aigre-douce, il
eut à défendre ses mollets contre les dents du
roquet de M. le ministre. Un moment il faillit
succomber à la tentation d'étrangler ce maudit
roquet; mais s'étant rappelé d'avoir lu dans le
Moniteur, — alors officiel, — qu'on n'avait pas
le droit, sur son propre domaine, de tuer un
chien étranger, il pensa que ce droit lui man-
quait encore plus sur la propriété d'autrui.

La demande de souscription fut envoyée à la
commission chargée de statuer sur ces sortes de

demandes, et ladite commission déclara qu'il y avait lieu de souscrire pour CINQ exemplaires, soit : CENT FRANCS. Quoique pauvre comme Job, mon ami voulut d'abord faire cadeau de ces cinq exemplaires au gouvernement, pensant qu'il pouvait bien défendre, à ses frais, la politique impériale. Cet élan, d'un cœur indigné, lui parut plus généreux que la réflexion d'un ministre qui croit payer assez cher la défense de son souverain, en donnant cent francs qui ne sortaient pas de sa poche ; — le premier mouvement est toujours le plus digne, sinon le meilleur, — mais il réfléchit, et réflexion faite, il se dit :

— Par curiosité, je ne serais pas fâché d'avoir en portefeuille une quittance ministérielle, démontrant à quel prix certains personnages... se débarrassent... des dévouements sincères.

En somme, mon ami « but son bouillon. » Pour tout bénéfice il contracta une dette de *six mille francs*, et ne reçut pas même la croix comme fiche de consolation. S'il avait fait un livre d'opposition, son livre eût été « enlevé, » — expression consacrée, — il aurait gagné dix mille francs en quelques mois et n'aurait pas de dette. Il est vrai qu'il n'agissait que par conviction et dévouement, et dans ce siècle d'égoïsme, ces denrées sont si rares qu'elles coûtent fort cher. C'est roide.

Comme contraste à cette histoire, en voici une autre plus roide et plus incroyable encore.

Dans un ministère que je ne nommerai pas, je voyais souvent un homme décoré, fort affairé, auquel toutes les portes étaient ouvertes et toutes les nouvelles communiquées. Très-intrigué par le *facies* et les allures israélites de ce personnage, je demandai un jour comment il s'appelait?

— C'est monsieur Trois-Etoiles, me répondit-on.

— Est-ce un fonctionnaire ?

— Non, mais il touche tout de même des appointements de 12,000 fr.

— Et, pourquoi faire?

— Ma foi, je n'en sais rien, mais il fait des correspondances qui lui rapportent bien 12,000 fr. par an.

Ce monsieur, charmant garçon du reste, touchait donc 12,000 fr. chaque année pour en gagner 12,000 autres. Mais le plus beau de l'histoire c'est que parmi les journaux qui le payent il y en a deux, à ma connaissance, — je ne sais pas s'il y en a d'autres, — qui sont très indépendants, et l'un excessivement hostile au gouvernement, je dirai même que ce dernier est l'un des plus hostiles et des plus influents de la presse française. Acheter des verges pour se faire fouetter, c'est employer son argent d'une manière assez étrange. Le gouvernement connaît-il cette histoire? Je ne le crois pas.

Un jour, peut-être, je publierai d'autres faits encore plus invraisemblables, et sur lesquelles le mur Guilloutet m'oblige à réfléchir. Ah! dame, quand on est journaliste on en apprend de drôles, et j'en sais une multitude dont on ne se doute pas le moins du monde. Les héros de ces drôleries ne s'imaginent pas que les murs ont des oreilles, et les journalistes aussi. Ils pourraient bien m'engager à les désabuser!

XV

LA LIBERTÉ ÉTANT UNE EXCELLENTE CHOSE, ON
FAIT BIEN DE LA GARDER POUR SOI ET DE LA
REFUSER AUX AUTRES.

La mauvaise chance du gouvernement se
manifeste encore dans les candidatures officielles qui paraissent mal comprises par les préfets.
Une erreur trop répandue parmi ces fonctionnaires est de croire que les meilleures candidatures officielles sont celles dont ils peuvent assurer le triomphe. Cette illusion ne produit qu'un
succès d'amour-propre, et ne constitue pas une
force pour le gouvernement. La meilleure candidature sera toujours celle qui donnera le plus
de garantie comme influence locale, intelligence
et probité. L'intelligence, l'honorabilité et l'estime publique du candidat ne doivent-elles pas
passer avant toute autre considération ?

Des élections faites avec des candidats de cette

classe donneront toujours au gouvernement une saine majorité dans les questions d'ordre intérieur et de dignité nationale à l'extérieur. Les échecs qu'il pourrait subir aux Chambres, dans certaines questions, seraient alors à l'avantage du pouvoir comme du pays ; car le gouvernement n'est pas infaillible, et ses bonnes intentions ne suffisent pas pour le faire apprécier, il faut encore que leur application soit opportune.

Que penser de ces députés ennemis de la liberté de la presse, du droit de réunion et de tant d'autres mesures libérales, qui pourtant les votent parce qu'elles sont proposées par le pouvoir ? Les votes de complaisance sont un accroc fait à la dignité de la représentation nationale ; le pays ne les estime pas, car ils déconsidèrent ses représentants dont ils font de simples machines à voter.

La majorité parlementaire est, il est vrai, timide, routinière et soumise ; mais elle a néanmoins la plus forte dose de sagesse et de bon sens ; elle représente les dix-neuf vingtièmes de la France, et ses décisions méritent tout notre respect.

Seulement, il serait préférable qu'elle fût com-

posée d'éléments plus actifs, plus indépendants
et plus pratiques que l'on rencontrerait dans ces
hommes dont les influences locales sont naturellement basées sur une valeur individuelle
plus accentuée. Une valeur individuelle comme
intelligence, honorabilité, patriotisme, serait
plus avantageuse pour le gouvernement que des
hommes complaisants n'ayant pour tout mérite
qu'un beau nom, une grande fortune. Les préfets ne comprennent pas cela, et parfois ils veulent lutter contre un candidat de l'opposition,
dont l'influence locale est telle que son élection
'est certaine. A cette lutte impolitique et maladroite qui appelle la défaite, l'abstention vaudrait mieux. En Angleterre, les beaux noms et
les grandes fortunes passent aux Chambres encore plus facilement que le vrai mérite ; mais en
Angleterre l'éducation politique n'est pas la
même que chez nous ; la dynastie et la dignité
du pays ne sont jamais une cible contre laquelle
la presse et l'opposition parlementaire dirigent
continuellement leurs coups.

Il suffit d'avoir étudié la province, en province, et sans parti pris, pour comprendre que
les préfets se font illusion en s'imaginant qu'un

succès électoral est toujours un triomphe pour le pouvoir. Ce n'est un. triomphe que lorsque le candidat officiel est le candidat du département, sinon, je le répète, ce n'est plus qu'un succès d'amour-propre. Les succès d'amour-propre rappellent ces braves hidalgos, aux habits·brodés et couverts de décorations, qui n'ont pas de pain à manger. Le solide vaut mieux que les apparences. Si j'étais gouvernement, je préférerais avoir cent députés d'une grande valeur personnelle, adorés et maîtres dans leurs départements, que deux cents qui éternueraient quand je prendrais une prise de tabac, voteraient toujours pour moi, ne diraient pas grand'chose à la tribune, et seraient à peu près inconnus dans leurs cantons.

Les candidatures officielles contre lesquelles l'opposition crie tant doivent être bien nécessaires ou bien attrayantes, puisque l'opposition elle-même proclame officiellement ses candidats et les impose aux électeurs. La liberté du vote et celle du choix du candidat sont donc, même pour nos libéraux les plus enragés, des théories spéculatives dont les partis se servent comme d'une muscade pour escamoter les suffrages des électeurs. Ceux-ci, considérés comme des mineurs en tutelle, n'ont pas de choix à faire; ils doivent opter entre le candidat officiel de l'opposition ou celui du gouvernement ; ils n'en ont pas à eux.

Crier contre les candidatures officielles est un droit dont on peut user, quand on n'en impose pas soi-même. Le gouvernement les adopte et les protége il est vrai, comme l'ont fait tous les gouvernements passés, mais il ne fait pas profession d'un libéralisme absolu. En copiant le gouvernement, en ne laissant pas les électeurs libres de choisir leur candidat, les libéraux ne montrent pas une confiance illimitée dans la force de leur parti. Naïfs dans leurs théories, leurs paroles et leurs actes disent clairement à la France : — « Le gouvernement ne doit pas indiquer aux électeurs les hommes dans lesquels il a confiance ; nous seuls avons le droit de proclamer des candidats, même inconnus, impopulaires, d'un patriotisme suspect, mais hostiles au pouvoir, disposés à violer la constitution qu'ils vont jurer de respecter, et tout à fait indifférents aux intérêts matériels du pays comme à sa dignité. »

Le *Temps*, — qui devient de plus en plus de notre époque, époque de gâchis universel, — publiait dernièrement une lettre de M. Bonnaud qui voulait « centraliser et simplifier, » sous la direction de M. Jules Favre, les manœuvres électorales. Le *Temps* n'approuvait pas ce projet, mais, à la suite de cette lettre, il tonnait plus fort que jamais, en faveur de la triple union des partis contre les candidatures gouvernementales « quelles qu'elles soient. » Combattre et rejeter à tout prix le candidat du gouvernement, par cela seul qu'il est présenté par le gouvernement, c'est un principe, non pas comme un autre, mais c'est un principe. S'il n'était que ridicule, on en rirait, mais il révèle cet esprit arbitraire et despotique qui fit tomber la république de 1848 sous les huées et l'indignation de trente-cinq millions de Français.

Nos brailleurs libéraux ont trop oublié les leçons de libéralisme qu'ils nous ont données en 1848 ; ils s'imaginent que la France les a pareillement oubliées ; je crois utile de leur en rappeler quelques-unes pour les engager à mentir moins audacieusement au public qu'ils voudraient encore exploiter.

On se rappelle que la république avait été imposée par deux cents républicains. Les élections qui devaient avoir lieu le 9 avril avaient pour but de nommer une assemblée nationale et non pas de consulter la France sur la forme du gouvernement qu'elle voulait adopter. M. Ledru-Rollin, craignant que les sottises et l'incapacité du gouvernement provisoire amenassent une chambre monarchiste, envoya dans les départements quatre-vingt-dix commissaires chargés de faire des élections républicaines.

Le 12 mars il leur expédia des instructions dans sa fameuse circulaire par laquelle il disait aux commissaires : « *Vos pouvoirs sont illimités.* Agents d'une autorité révolutionnaire, vous devez être révolutionnaires. *L'éducation du pays n'est pas faite. Examinez sévèrement les titres des candidats;* arrêtez-vous seulement à ceux qui paraissent présenter le plus de garanties à l'opinion républicaine... *Il faut que l'assemblée soit révolutionnaire...* Le règne des hommes de la monarchie est fini. *Pas de transactions !* »

Nous voilà bien loin des candidatures officielles comme elles sont proposées par l'empire. Les préfets n'ont pas des « pouvoirs illimités » pour

élaguer les candidats de l'opposition ; mais nos
républicains libéraux n'y vont pas de main
morte quand il sont au pouvoir. M. Jules Favre,
alors secrétaire de M. Ledru-Rollin, trouva, à
lui tout seul, un complément à ces mesures *libérales*, pour assurer... la liberté des votes ! Fi
donc ; il s'agit bien de cette niaiserie... pour
assurer le triomphe de son parti.

M. Jûles Favre écrivit le 14 mars, à M. Emile
Ollivier, commissaire à pouvoirs illimités : « Con-
sidérez-vous comme possible d'*éclairer assez votre département*, d'ici au 5 avril prochain, pour
que les élections nous donnent une représentation sérieuse... propre à établir solidement la
république ?

» Si vous estimez qu'il est *utile de retarder le
moment des élections*, quel serait l'ajournement
nécessaire ? »

Après avoir trouvé ce moyen d'assurer les
élections républicaines en retardant le jour du
vote, — moyen auquel le gouvernement impérial n'a pas songé ! — M. Jules Favre ajoute quelques jours après : « La candidature de M. Thiers
doit être combattue par *tous les moyens possibles*,
et le gouvernement provisoire attend de vous que

vous fassiez les plus grands efforts pour qu'elle échoue. »

M. Alexandre Weill répondait à ces aménités *libérales* par un article dans la *Presse* qui mérite d'être en partie reproduit.

« J'ai toujours été républicain, disait-il, plutôt trop que peu.

» J'ai usé mon esprit et ma plume en faveur des travailleurs, alors que le *National* les traitait du bas de son talon, mais je commence à croire qu'il était plus facile d'être républicain sous Louis-Philippe, que n'importe quoi sous la république. En un mot il paraît que *rien n'est moins libre que le règne de la liberté*.

» Déjà la circulaire de M. Ledru-Rollin ressemble, à un cheveu près, sauf la direction des couleurs, à la circulaire de M. Duchâtel de 1845. M. Duchâtel demandait des ministériels n'importe de quel poids, M. Ledru-Rollin demande des républicains, n'importe de quelle nullité. Ce n'est rien encore.

» Le *National*, la *Réforme*, la *Démocratie*, déclarent *traîtres à la patrie* quiconque n'est pas républicain ; M. Guizot se contentait d'appeler *aveugles et ennemis* tous ceux qui n'étaient pas

12

de son parti. Nous avons bien marché. Quiconque n'est pas de l'avis de MM. les rédacteurs du *National*, de la *Réforme* et de la *Démocratie*, n'est pas aveugle, — on pardonne à un aveugle ; — n'est pas un ennemi, — on se réconcilie avec un ennemi, — mais il est *traître*, c'est-à-dire un homme digne d'être mis en morceaux.

» Voilà la liberté que ces messieurs, mes amis d'hier, nous promettent.

» Voilà le progrès qu'ils ont prêché.

» Comment ! sous Louis-Philippe il y avait des républicains dans la Chambre, et dans une république il serait défendu à un membre de l'*Assemblée nationale d'être monarchiste ? Mais, souverains nouveau-nés , votre république n'est pas même sanctionnée par la majorité du peuple français... elle n'existe que par la raison du plus fort, c'est-à-dire par le hasard des armes et de la violence,* etc. »

Plus tard, M. Ledru-Rollin proclama la « souveraineté du peuple de Paris contre tout le peuple français. » Puis, vint la manifestation du 15 mai et les menaces impuissantes des radicaux affichées sur tous les murs, par lesquelles ces apôtres de la liberté disaient à la majorité de

l'Assemblée nationale, issue du suffrage populaire : Vous penserez comme nous, vous agirez
d'après notre opinion, ou nos sections organisées
iront vous massacrer au nom de la liberté. La
proclamation, signée Barbès, Chippron, Huber,
Lebon et Villain, annonçait ces choses carrément. Ah ! dame, c'est que nos républicains
aiment diablement la liberté... pour eux ; ils
l'aiment trop, ils ne peuvent pas la tolérer chez
les autres ; leur amour de la liberté devient du
fanatisme et de la folie, depuis que la guillotine est passée de mode et qu'il ne reste plus que
des places à prendre et des propriétés à piller.

Pour prolonger ce joli petit régime issu de la
révolution de février, les commissaires faisaient
des efforts inouïs dans les départements. Leur
insuccès dans les élections ne les découragea
pas ; ils attaquèrent le gouvernement dont trois
membres au moins espéraient obtenir la présidence de la république. A ce qu'il paraît que
cette présidence se disputait assez vivement, et
que les moyens employés pour faire réussir tel
ou tel candidat laissaient beaucoup à désirer au
point de vue de l'honnêteté et de la liberté.
Mais laissons parler M. Dufaure dans la séance

du 24 novembre 1848, à l'Assemblée nationale, présidée par M. Armand Marrast. C'est édifiant !

« Messieurs, nous l'avons déjà dit, les principes que nous entendons suivre, relativement à l'élection du président de la république, nous les avons proclamés immédiatement après que vous avez eu confié l'élection au suffrage universel. Le premier de nos principes, je l'ai dit dans une circulaire qu'on rappelait tout à l'heure, c'est la liberté pleine et entière du vote des électeurs. Nous l'avons dit nous-même : « Aucune intimidation qui puisse empêcher » cette liberté ; aucune séduction, aucune corruption qui puisse l'égarer. »

» Messieurs, est-il vrai que ces principes ont été méconnus ? est-il vrai qu'ils ont été abandonnés ?

» Permettez-moi de vous le dire, si ces principes n'avaient pas été dans notre cœur, si nous n'avions pas cru que c'était le premier devoir du gouvernement de les respecter, il y aurait eu une chose qui aurait dû nous détourner de toutes les manœuvres qu'on nous impute : c'est l'abus qui s'en faisait sous nos yeux, c'est l'abus qui s'en faisait au profit d'autres intérêts. Je suis bien loin d'attribuer aux autres candidats à la présidence tout ce qui a été fait, tout ce qui se fait tous les jours en leur nom, partout, dans toutes les communes en France. Je suis bien loin de le leur imputer ; mais je dis que le gouvernement serait bien coupable si l'exemple même de ces abus ne l'avait pas détourné d'en commettre de pareils.

» Ces abus, qui les ignore ? qui ne les connaît ? et comment M. Jules Favre n'a-t-il pas eu un mot de blâme pour eux ?

» De toutes parts. — Très-bien ! très-bien ! Bravo !

» Le citoyen Jules Favre. — Signalez-les ! Quels sont-ils ?

» Le citoyen ministre. — Je vais vous le dire.

» Qui ignore que partout, dans toutes les campagnes, il y a des agents se promenant et disant au nom d'un candidat : « Si ce candidat arrive à la présidence de la république, ne songez plus aux 45 centimes ; vous n'aurez plus à les payer ; ne vous en occupez plus : on vous les rendra l'année prochaine. Bien plus, si ce candidat arrive à la présidence de la république, vous

12.

n'aurez plus d'impôts à payer pendant trois
ans. »

» Voix diverses. — Oui ! oui ! — C'est vrai ! —
Partout ! partout !

» Le citoyen Jules Favre. — Où est la preuve?

» Le citoyen Nacket. — Je l'ai dans ma poche.
(Agitation.)

» Le citoyen ministre de l'intérieur. — L'honorable M. Favre me demande où est la preuve. Je
lui dirai que j'ai des preuves multipliées dans
mes mains.

» J'ajouterai que, si jamais l'Assemblée juge à
propos, et nous ne nous y opposerons pas quand
on vérifiera l'élection, dont le résultat est encore
incertain, d'ordonner une enquête, l'enquête
portera sans doute sur tout ; ce n'est pas sur un
seul ordre de faits que M. Favre la demande ;
c'est sur tout qu'elle portera... (Oui ! Très-bien!)

» Je reprends.

» Qui ignore que partout on va répétant qu'un
candidat, qui probablement l'ignore, et qui sera
le premier à désavouer du haut de la tribune
toutes les manœuvres qui se pratiquent en son
nom, qu'un candidat a une fortune tellement
colossale, qu'il dispensera le peuple de payer

l'impôt pendant trois ans ? (Oui ! — On le dit ! — Rumeurs.) Qui ignore (et j'ai besoin de le répéter ; les murmures de l'Assemblée, je les accepte comme des marques de réprobation contre ces audacieuses assurances) qu'on répand dans le pays, qu'on répand à plaisir... (Oui ! — C'est vrai !) qui ignore qu'on va partout répétant que non-seulement les impôts seront payés par ce candidat, mais encore que cette lourde dette de l'État de 5 milliards, que M. Proudhon veut abolir... (Hilarité prolongée), un autre est prêt à les payer, chose bien plus honnête, mais tout aussi impraticable. (Très-bien ! très-bien !)

» Messieurs, je ne veux pas m'étendre sur ces affligeants détails.

» Si je répétais à l'Assemblée tous les bruits, toutes les assertions mensongères à l'aide desquelles on cherche à égarer le suffrage universel, je n'en finirais pas. Je ne veux pas insister sur ce point. Je voulais dire seulement que le gouvernement, qui les connaît, qui en est averti tous les jours, serait bien coupable et bien insensé, si le dégoût qu'elles doivent inspirer ne le détournait pas de l'idée de les imiter. »

Ces faits se passent de commentaires !

XVI

SUR LES AVANTAGES QU'IL Y A D'ÊTRE RÉPUBLICAIN QUAND ON N'EST PAS DÉMOCRATE.

La plus drôlatique des ficelles tirées par la presse de l'opposition et par l'opposition parlementaire est, sans contredit, celle des sentiments démocratiques affichés par ces messieurs. Cette ficelle ne mérite pas même le nom d'imposture, car elle est si peu déguisée qu'elle ne trompe que les badauds qui n'écoutent pas la pièce et ne regardent que la mise en scène; elle n'abuse que les myopes qui ne voient pas plus loin que le bout de leur nez et ceux qui sont payés pour être trompés.

Nos républicains ne sont pas démocrates, mais autocrates ; ce sont des Burgraves auxquels on n'ose pas arracher les oripeaux dont ils se

couvrent ; on se contente de leur « faire le mou-
choir de poche. » Singulière manière de défendre l'ordre et le pouvoir ! Ils reprochent sans
cesse au gouvernement les lois qu'ils ont établies en 1848 et dont nous avons vu l'esprit libéral qui les avait dictées, et pourtant n'est-ce point
cet esprit et ces lois qui, soulevant l'indignation
d'Armand Marrast, firent crier à ce fier républicain, après les banquets donnés en province à
MM..Louis Blanc et Ledru-Rollin, ce mot, clef
de l'énigme du fiasco de la république : « *Vous
n'êtes que des cuistres sanguinaires.* »

« Cette révolution, dit le républicain Weill en
parlant de 1848, ni par ses victoires ni par ses
défaites, n'a pas créé un seul grand homme.
Rien n'y est pur, tout y est ruolzé. Seulement
l'erreur, s'incarnant dans les faits, se montre
dans toute sa laideur... à peine a-t-elle rempli
son but, à peine justice est-elle faite, que le
dogme de la violence et du droit du plus fort,
érigé en principe démocratique, sape la base de
l'ordre et de la liberté, *et détruit la république
dès sa naissance.* C'est le dogme de l'athéisme et du
succès qui a forcé le gouvernement provisoire de
proclamer la république avant de consulter la

nation, en lui donnant pour base le coup de
main réussi du 24 février, qui lui-même a été
l'effet du coup d'État de deux cent dix-neuf députés, proclamant, en 1830, la monarchie d'Orléans sans consulter le pays et chassant la Restauration... Logiquement, forcément, inexora-
blement, la proclamation de la république, par
la victoire des armes, devait enfanter les journées du 17 mars, du 16 avril, du 15 mai, du
23 juin et du 2 décembre. »

Cette victoire enfanta plusieurs gouvernements, car, dans une république, le peuple
étant souverain, — je le crois plutôt : mouton
tondu, — chacun voulait gouverner, espérant
obtenir, par le droit de la force, la dictature.
MM. Albert et Louis Blanc envoyés au Luxembourg pour être dépopularisés, se formèrent un
petit gouvernement provisoire contre MM. Arago
et Lamartine. « M. Marrast se créa une police à
part pour surveiller MM. Caussidière et Sobrier,
qui, à leur tour, ne travaillaient qu'à se rendre
maîtres du pouvoir. » Tandis que M. Ledru-
Rollin n'attendait que le moment de se défaire
des deux partis pour s'asseoir, en souverain, sur
leurs ruines.

Ah ! le joli temps que celui-là ! En relisant les lignes suivantes que M. de Girardin publiait à la fin de mars ou dans les premiers jours d'avril 1848, on comprend que ces messieurs cherchent, « par tous les moyens possibles, » à nous donner une seconde édition de cette gentille époque.

« Peuple, disait alors notre fameux condamné du 6 mars, qu'ont fait pour toi les hommes qui parlent chaque jour en ton nom ? Je vois bien qu'ils te flattent, je ne vois pas qu'ils te servent... Je vois bien qu'ils se sont hâtés d'aller coucher dans le lit encore chaud des ministres en fuite ; je vois bien qu'ils n'ont pas perdu de temps pour s'emparer de somptueux hôtels, où ils sont plus inaccessibles que leurs prédécesseurs ; je vois bien que les carrosses de la Cour les promènent ; je vois bien qu'ils daignent apparaître le soir aux divers théâtres sur le devant des anciennes loges royales ; je vois bien qu'ils ont fait main basse sur tous les genres d'emplois ; je vois bien qu'ils gardent tous les défilés ; je vois bien qu'ils gaspillent ton argent ; je vois bien que, par la peur, ils ont rétabli de fait la censure ; je vois bien qu'ils s'étonnent de leur impuissance à faire partager

cette confiance en eux-mêmes qu'ils s'inspirent ;
je vois bien qu'ils accusent de manquer de patriotisme quiconque n'a pas leur optimisme ; je
vois bien qu'ils sont ivres d'orgueil, croyant que
ce qu'ils tiennent en leur main est leur pouvoir ;
mais je ne vois pas, si je retranche les discours,
les circulaires, les proclamations, je ne vois pas
ce qu'ils ont encore fait pour toi. »

Voici pour un gouvernement républicain un
bilan qui n'est pas mal, et, sauf les proclamations, circulaires et discours qui ne lui font pas
faute, et dont il peut très-bien se passer, je ne
vois pas pourquoi le peuple n'ambitionne pas le
retour de tous ces gouvernements provisoires,
des 45 centimes de M. Garnier-Pagès, des commissaires à « pouvoirs illimités » et des représentants armés comme de simples gardes nationaux. En effet, l'Assemblée nationale, voyant
approcher l'orage du 15 mai, proposa d'armer
tous les représentants. Quelle drôle de liberté
dont on jouissait alors, puisque l'Assemblée
même proposait un tel moyen pour assurer la
liberté de ses discussions, et cette proposition
n'était pas puérile, car les républicains envahi-
rent l'Assemblée et lui mirent le couteau sur la

gorge le 15 mai. Aussi, la garde nationale, après cet attentat, fut saisie d'un tel accès de rage contre la République et les républicains qu'elle n'eut qu'un cri, celui-ci : « Il faut en finir. » La République n'avait pourtant pas trois mois d'existence !

Nous avons vu la manière dont ces messieurs comprenaient la liberté des élections. On n'a pas oublié qu'ils ont supprimé le conseil municipal élu par la ville de Paris, et remis l'administration de la capitale entre les mains du préfet. L'Empereur, trouvant l'omnipotence de ce magistrat exagérée, rétablit, sous la forme d'un conseil, le contrôle que le gouvernement provisoire avait fait disparaître. C'est aussi, sous ce même gouvernement, que fut établie la législation du colportage qu'on impute à crime au régime impérial. L'interdiction des souscriptions publiques est pareillement l'œuvre des républicains qui ont renouvelé, le 27 juillet 1849, la loi de septembre 1835 sur cette interdiction. Oh ! Baudin, tu ne te doutais guère que vingt ans après ta mort on ressusciterait ton nom, et ferait de cette loi républicaine une arme contre l'Empire !

Ce qu'il y a de plus grotesque dans cet oubli du passé, c'est que MM. Jules Favre, Thiers, Marie, Dufaure, Lanjuinais, en un mot toute l'opposition, reprochent au gouvernement impérial tout le mal qu'ils ont fait, toutes les mesures arbitraires, antilibérales qu'ils ont décrétées et qui les ont fait déguerpir de l'Hôtel-de-Ville, du Luxembourg et des ministères, abandonner les voitures royales dans lesquelles ils se pavanaient, et tomber du pouvoir sous l'exécration de l'opinion publique.

Mais il est dur de n'avoir plus ces profits, et ces messieurs trouvant que l'Empire dure trop, veulent le mettre à bas pour retourner en arrère. Dame ! ils ne sont pas hommes de progrès pour rien. M. Aurélien Scholl disait récemment dans le *Gaulois* :

« Il y aurait une jolie brochure à faire sous ce titre : *Des avantages qu'il y a d'être républicain* :

1° La satisfaction intérieure ;

2° La commodité de s'habiller comme on veut;

3° Le plaisir d'être accablé de réclames, dans lesquelles on ne met votre nom qu'en le faisant suivre de ces mots : « Un bon, celui-là ! »

4° Se dire tous les soirs en se couchant : Le gouvernement ne m'a pas fait arrêter aujourd'hui parce qu'il me craint ;

5° Mépriser tout le monde sous prétexte d'égalité ;

6° Empêcher vos contradicteurs de placer un mot, parce que cela nuirait à votre liberté ;

7° Être toujours applaudi au théâtre de l'Odéon... Je m'arrête pour ne pas déflorer la brochure, mais il y a autant d'avantages à être républicain qu'il y a de nuits dans les contes arabes. »

S'il est aussi avantageux d'être républicain, sous une monarchie, 1848 devait être un Eldorado ; c'était, en effet, une époque de *cocagne* pour les républicains, mais pas pour le peuple. Le peuple payait ; il payait cher la liberté de ne pas avoir de liberté, et la crainte de voir la guillotine remplacer les coups de fusil. « Mentez, mentez toujours, il en restera quelque chose, » a dit Voltaire. Aujourd'hui nos libérâtres mentent, mentent toujours dans l'espoir que le peuple, oubliant les chefs-d'œuvre de la Révolution, les aidera à changer de gouvernement. Mais comme c'est le peuple qui

paye les pots cassés, il a bonne mémoire et préfère le gouvernement d'aujourd'hui à l'anarchie
d'autrefois.

Les ouvriers de Paris pensent comme le peuple des provinces, et je trouve dans une coupure
de journal, dont j'ignore le nom, quelques lignes qui donnent sous une forme drôlatique
plusieurs raisons pour lesquelles le retour des
barricades ne paraît pas revenir de sitôt. Les
voici :

« Paris, depuis l'annexion des banlieues et
l'invasion des Brésiliens, n'est plus précisément
la tête de la France. Il n'en est pas le cœur; il
ne représente plus guère qu'une énorme agglo-
mération de gens qui passent, les uns affamés
de plaisir, les autres avides d'argent, nomades
riches qui jettent l'or par les fenêtres, nomades
pauvres qui le ramassent jusque dans le ruis-
seau; il faut chercher le peuple sédentaire, les
vrais Parisiens noyés dans ce flot. Paris a donc
perdu de son autorité en perdant de son caractère; la province n'accepterait peut-être plus
comme pain bénit les coups d'État d'une population si panachée. La capitale des chignons
rouges, des écrevisses à la bordelaise et des cas-

cades lyriques a-t-elle encore le droit de chanter
la *Marseillaise?* La province qui lit dans les
journaux : « Paris est plein de Russes et d'Espagnols » se soumettrait-elle d'emblée à une révolution parisienne? Quelle humiliation d'ap-
prendre que la plupart des insurgés avaient
leur domicile à l'hôtel de Castille et à l'hôtel
Meurice!

» D'ailleurs, s'il faut un lièvre pour faire un
civet, il faut des émeutiers pour faire une
émeute. Je vois bien les généraux, les colonels
et quelques capitaines d'une insurrection, mais
où prend-on le gros de l'armée? Les ouvriers ne
sont plus ce qu'ils étaient en 1830 et en 1848.
Ces agneaux héroïques qui se faisaient tuer sans
demander pourquoi, raisonnent et calculent; ils
sont tout au souci d'améliorer leur sort et d'assurer l'avenir de leurs enfants. La politique ne
leur est pas indifférente, je l'avoue, mais ils
l'ont reléguée au second plan jusqu'à nouvel
ordre. La seule révolution où ils mettraient la
main de bonne grâce, est la révolution sociale :
généraux, colonels et capitaines ne sont pas de
cet avis.

» Enfin, et ce n'est pas la pire de nos raisons.

la mode des barricades est passée. Elle a duré dix-huit ans, ce qui est un long bail pour une mode d'assez mauvais goût. Les Parisiens jouaient à ce jeu contre le bon Louis-Philippe. Après avoir perdu dix parties, ils en ont gagné une par raccroc; cela devait arriver un jour ou l'autre. Mais s'il survient désormais un changement dans nos affaires, les barricades n'y seront pour rien. Je ne dis pas que nous n'aurons jamais le spectacle promis par Prévost-Paradol aux rédacteurs de la *Patrie*, mais une dynastie peut tomber par sa faute sans qu'il y ait un seul carreau cassé. »

En 1867, il me prit la fantaisie d'aller à Genève assister au Congrès de la paix, pour voir si les républicains avaient fait des progrès dans leurs théories sur le bonheur des peuples, depuis 89 et 48. Hélas! toujours la même rengaine, toujours les mêmes rages, les mêmes besoins de détruire, de régner par la violence et de se substituer à ce qui est. C'est à peine si ce qu'on lit en France dans la presse radicale, ce qu'on entend à la tribune sur les lèvres de l'opposition a plus de forme.

Détruire la papauté, c'est-à-dire le catholi-

cisme, remplacer « la religion de Dieu » par
celle de la raison, c'est-à-dire l'athéisme, faire
« la guerre aux tyrans, » c'est-à-dire aux souverains, tel est le programme de nos prétendus
libéraux, programme formulé par Garibaldi à
Genève et répété depuis dix ans à Paris dans la
presse radicale! Quand M. Fazy et d'autres
Génevois moins turbulents, voulurent protester
modérément contre un programme aussi peu
pacifique, ils furent sifflés, au nom de la liberté.
Finalement, au nom de la liberté, la Suisse dut
mettre à la porte le Congrès de la paix. A Genève, comme à Paris, ces réformateurs libéraux
faisaient consister la liberté dans la négation de
la liberté d'autrui! Toujours la même théorie!

Tous ces chefs de l'aristocratie républicaine
sont tellement habitués aux doux parfums des
encensoirs démocratiques qu'ils ne peuvent sup-
porter la moindre opposition au concert mélo-
dieux des flatteries qui les bercent. Néanmoins,
ils ne s'accordent pas du tout entre eux; on dirait
que leurs vertus civiques ne consistent qu'à
l'adorer, à s'exalter soi-même pour se faire un
piédestal de leurs coreligionnaires en politique.

A propos de son discours à l'Académie, les
républicains attaquèrent violemment leur chef
actuel M. Jules Favre. Ses paroles, disait l'un,
« ne sont ni d'un philosophe, ni d'un libéral, ni
d'un politique. » Un autre ajoutait : « Croyez-
vous qu'il soit si facile de séparer, à propos de
Rome, la politique de la philosophie? Que
m'importe que vous parliez contre le temporel,
si au fond vous êtes pour le spirituel! » Sans la
jolie philosophie développée au Congrès de la
paix par Garibaldi et ses amis, la république n'est
pas possible à ce qu'il paraît. Quel aveu ! On le
voit, nos républicains s'accordent bien quand il
s'agit de détruire, mais ils ne s'accordent plus
dès qu'une question personnelle ou de doctrine
s'élève au sein de leurs clubs. En 93, ils se
guillotinaient réciproquement, quand ils n'eurent plus de tête aristocratique à faire tomber.
En 1848... mais écoutons ce qu'ils firent alors,
M. de Girardin le rappelait à ceux qui l'ont oublié, au mois de septembre dernier, dans *la Liberté.*

« Sous la république de 1848, proclamée par
vous, citoyens, et par vos amis, le 24 février,
étais-je, le 15 mai, avec les envahisseurs qui

violaient l'inviolabilité de l'Assemblée constituante, issue du suffrage universel? Étais-je six
semaines après, les 24, 25, 26 et 27 juin, avec
les insurgés qui ensanglantaient Paris, couvert
d'autant de barricades que les 23 et 24 février?
Étais-je, le lendemain du 28 juin, avec le général Cavaignac et les républicains victorieux, qui
transportaient sans jugement neuf mille républicains vaincus? Le 13 juin 1849, étais-je avec
les auteurs de la manifestation qui eut pour
théâtre de sa débandade le Conservatoire des arts
et métiers, et pour dénoûment le procès devant
la haute cour de Versailles? Le 16 octobre 1849,
devant cette haute cour, étais-je avec les témoins
à *décharge* qui baissaient la tête devant M. Baro-
che, procureur impérial, et balbutiaient devant
le jury?

» Républicains qui vous proscriviez et qui
vous mitrailliez les uns les autres, si les uns ne
m'ont pas massacré le 29 mars et les autres fusillé le 25 juin, dois-je donc vous en témoigner
ma reconnaissance à deux genoux?

» Si vous faites bien, citoyens vainqueurs du
24 février, vous vous attaquerez à d'autres qu'à
moi, car j'aurais sur vous trop d'avantages.

13.

» Moi, qu'aucune conjuration, qu'aucune insurrection n'ont jamais compté dans leur ombre
et dans leur rang, je puis condamner le coup
d'État du 2 décembre; mais ce droit que j'ai,
vous ne l'avez pas, vous les **combattants** du
24 février et du 25 juin, vous les violateurs de
la Charte de 1830 et du suffrage universel de
1848, vous les envahisseurs de la Chambre des
députés, et trois mois après les envahisseurs de
l'Assemblée constituante !

» Vous osez parler de « désastres de la liberté ! » Mais quels désastres a-t-elle éprouvés qui
soient comparables à ceux dont vous êtes les auteurs?

» Le 25 février 1848 vous aviez la toute-puissance: qu'en avez-vous fait pour rendre la liberté à jamais inviolable?

» Répondez.

. . . .

» Avez-vous proclamé l'inviolabilité de la
liberté de la pensée, de la parole et de la presse?

» Non.

» Avez-vous proclamé la séparation, c'est-à-
dire l'indépendance réciproque de l'Eglise et de
l'Etat?

» Non.

» Avez-vous opéré la séparation, c'est-à-dire l'indépendance réciproque de la justice et de l'Etat ?

» Non.

» Avez-vous, sinon aboli le servage militaire, comme en Angleterre, du moins rendu, comme en Prusse, obligatoire pour tous, sans faculté de remplacement, le service sous les drapeaux ?

» Non.

» Avez-vous affranchi les communes de la centralisation qui les tient en tutelle ?

» Non.

» Qu'avez-vous donc fait de la dictature ?

» Ce que vous en avez fait ! Vous vous l'êtes puérilement disputée entre vous pour n'en rien faire. . . . .

» Sans vous et les vôtres, il y a longtemps que la France serait libre ; si elle ne l'est pas, c'est votre faute !

» Les lois de septembre 1835, c'est votre œuvre.

» Le décret du 24 juin 1848, qui mit Paris en état de siége et délégua la dictature au général Cavaignac, c'est votre œuvre !

» Le décret du 28 juillet 1848 contre le droit de réunion, c'est votre œuvre !

» Le décret du 11 août 1848 contre la liberté de la presse, c'est votre œuvre !

» Enfin, toutes les mesures de réaction dictées à cette époque par l'épouvante que vous causiez même à vos coreligionnaires politiques, toutes sont votre œuvre !

» Vous êtes la plaie de la France ! . . . .

» Vous êtes la Révolution... La France ne veut pas la Révolution.

» Vous dites que vous êtes « le pays ». (*Textuel.*)

» C'est faux.

» Si vous eussiez été « le pays, » vous eussiez été la majorité de l'Assemblée constituante, alors qu'en mars 1848 vous étiez le pouvoir dictatorial et qu'en cette qualité vous faisiez alors tout ce que vous reprochez au pouvoir impérial de faire aujourd'hui !

» Si vous eussiez été « le pays, » votre candidat eût été l'élu du 10 décembre 1848.

» Si vous eussiez été « le pays » aux élections générales de mai 1849, vous n'eussiez pas été en minorité. »

Le vigoureux écrivain conclut ainsi, en s'adressant aux républicains :

« Vous travaillez contre la liberté, dont vous avez toujours été les ennemis !

» Vous travaillez pour l'arbitraire, dont vous n'avez jamais cessé d'être les complices ! »

Pourquoi M. Ténot n'a-t-il pas enregistré ces faits, comme préface, dans son livre ? Pourquoi *le Siècle* n'en parle-t-il pas ? Pourquoi notre tribune les passe-t-elle sous silence ? Pourquoi le gouvernement impérial n'en rafraîchit-il pas la mémoire des électeurs ? Je ne dis pas du peuple, — il ne les a pas oubliés, — mais des électeurs. Pourquoi... oh ! qu'elle serait longue la série des *pourquoi* que je pourrais écrire, à propos de la politique révolutionnaire d'autrefois et de celle d'aujourd'hui !

XVII

OU L'ON CHANTE, SUR L'AIR DES GIRONDINS :
NOURRIS PAR LA PATRIE, C'EST LE SORT LE
PLUS BEAU, LE PLUS DIGNE D'ENVIE.

Comme M. de Girardin, l'on finit par s'indigner contre ces gens qui se disent les apôtres de la liberté et de la fraternité des peuples, qui sont démocrates comme l'empereur de Russie, et n'ont donné des preuves que d'incapacité politique, d'arbitraire, d'oppression et de despotisme. Après six mois de république, tout le monde, déjà, commençait à penser de même, et M. Jules Favre dut en être convaincu lorsque, dans la séance du 24 novembre 1848, il attaquait M. Dufaure, alors ministre de l'intérieur, au sujet des manœuvres électorales du gouvernement en faveur du général Cavaignac.

M. Jules Favre ne se souvient peut-être pas des interruptions suivantes, quand il disait :

« Messieurs, nous avons renversé un gouvernement de priviléges, d'abus d'influences ; sachons nous respecter nous-mêmes, et n'altérons pas les mœurs publiques. (Exclamations diverses à gauche.)

» Le citoyen Millard. — Au mois d'avril, pensiez-vous de même ?

» Un membre. — Tout le monde peut dire cela, excepté vous.

» Le citoyen Jules Favre. — J'entends des interrupteurs qui me disent : « Tout le monde peut dire cela, excepté vous. »

» A gauche. — Oui ! oui !

» Le citoyen Jules Favre. — Si c'est une interruption personnelle, et que l'Assemblée veuille me permettre une digression, je déclare que je suis prêt à y entrer...

» A gauche. — Oui ! oui !

» Le citoyen Jules Favre. — Mais je ne crois pas que chose pareille soit convenable.

» A gauche. — Ah ! ah ! (Rires et bruit.) »

Je crois plutôt que M. Jules Favre et ses amis n'ont rien oublié, et c'est parce que le gouver-

nement impérial se montre plus démocrate qu'ils
ne l'ont été sous la république, qu'ils repous-
sent toute mesure libérale proposée par le gouvernement. En combattant la loi sur le droit
de réunion, la contrainte par corps, la loi sur
la presse, en rétablissant l'incarcération pour
délits de presse, l'opposition voulait paralyser
les idées libérales du pouvoir et nous maintenir
sous une tutelle dont il se sert pour battre en
brèche le régime impérial.

A ce propos, on me permettra de citer la
lettre de M. Jules Vallès, socialiste, adressée à
MM. Jules Favre et Pelletan, et publiée dans
le *Paris*, le 2 janvier 1869.

« Le soir... j'ouvre quelquefois un livre : le
Moniteur de l'année 1848. J'y trouve douloureuse et frémissante l'histoire de la seconde
république, morte à deux pas de son berceau...

» Il est une page que j'ai relue souvent.

» Le jeudi 10 août (anniversaire de la prise
des Tuileries), on discutait à la Constituante un
projet de décret contre la presse.

» Un homme monta à la tribune : un homme
dont quelques-uns de la Montagne s'écartaient
déjà ; il avait parlé contre Louis Blanc traqué ;

il s'était tu quand il fallait demander des juges pour les vaincus de juin. — On le savait pieux ; il devait plus tard voter l'expédition romaine.

» Il monta. — Quand il descendit, les lois de septembre s'étaient accrues d'un article nouveau, et il y avait un crime de plus commis contre la liberté.

» Et le criminel, c'était vous, Monsieur Favre ! Proudhon se leva et cria : « Malheur désormais à qui voudra parler à sa façon de l'Économie politique, du Code de commerce, du Code civil, malheur à lui ! »

» L'orateur revint à la charge et, du haut de la tribune, cracha l'insulte au visage de Proudhon suspect. — L'honnête homme essaya de riposter, on égorgea son éloquence maladroite à coups de couteaux de bois, et tout fut dit.

» Depuis, au nom de cette loi, on a jeté les républicains par tas dans la misère, l'exil et la prison, et M. Favre défend avec des larmes dans la voix, devant les tribunaux, ceux qui y sont traînés par une loi dont il a aiguisé les griffes, comme un capucin viendrait murmurer des patenôtres sur une blessure qu'il aurait élargie et empoisonnée.

» Vingt ans après, c'était en mai dernier, on retouchait la loi, et l'on allait rayer du Code les peines qui frappent l'écrivain dans sa liberté, qui saisissent le corps pour punir l'âme.

» Un député cria : « La prison est notre piédestal. »

» Enfant terrible, vieillard maladroit !

» Pour vous peut-être, ô secrétaire de Lamartine, qui, tour à tour, prophétisez sur les sommets de l'Hélicon ou les ruines de Babylone, et reliez par de grandes phrases le Calvaire au mont Aventin, pour vous qui n'êtes ni jacobin ni socialiste, ni communiste ni athée, pour vous en qui la bourgeoisie voit un derviche et non un révolté, pour vous, la prison peut être un piédestal.

» Piédestal pour vous, tombeau pour d'autres ! — Pour ceux qui croient au fond de leur âme que rien n'est sacré dans ce monde, et qu'ils ont le devoir et le droit de tout juger, de tout attaquer, peut-être même de tout détruire !...

» Leur piédestal à ceux-là sera le cachot de la Centrale, un ponton de Brest, un rocher de Cayenne...

» Ils iront jusqu'au bout quand même, prêts

à l'agonie comme à la mort. — Mais ils ne prendront pas leur part de combat ! — Sous le laminoir du supplice, d'ailleurs, si le cœur reste fort, la tête peut faiblir. La bouche est, en tous cas, close par ordre du bourreau ; condamnés, nous ne comptons plus dans le monde de l'intelligence humaine !

» Cette idée me fait peur. — Et voilà pourquoi je vous écris du fond de ma prison à vous qui avez, l'un voté la loi, l'autre fait voter la peine qu'aujourd'hui je subis !...

» Citoyen Favre, citoyen Pelletan, voulez-vous bien mériter de la patrie ? — Dans quelques jours la Chambre rouvre ses portes. — Montez à la tribune ! Montez-y, et dites qu'en face des malheurs de la presse et devant cet amas de ruines, votre désespoir est profond d'avoir vous-mêmes livré vos amis au supplice. — Dites cela et vous serez d'honnêtes gens. — Mais si vous ne le faites pas, prenez garde ! Le peuple croira que vous ne tenez à son drapeau que si vous pouvez y découper une écharpe de député, et nous vous déclarerons traîtres à la Révolution !

» Jules VALLÈS. »

Il est bon de juger nos Brutus modernes par
les hommes de leur propre parti. L'opposition
ne se contente pas de fermer les yeux sur le
bien qui se fait progressivement et de ne faire
ressortir que le mal, issu de nos révolutions, elle
ne se contente pas de combattre ce qu'elle croit
être mauvais, elle poursuit d'un acharnement
plus grand encore ce qu'elle sait être bon. Les
membres de la gauche professent un souverain
mépris pour le peuple souverain, et particuliè-
·rement pour « les aveugles populations des
campagnes »; ils jouent un rôle indigne, violation manifeste de leur mandat, uniquement pour
faire de l'opposition et décourager le pouvoir.
Le but de l'opposition est de faire faire des fautes
au gouvernement; sa force unique consiste dans
ces fautes.

L'opposition ne veut rien de bien de la part
du gouvernement, et c'est en cela surtout qu'elle
révèle son immense infériorité politique et patriotique à celle du Parlement anglais qui n'o-
serait jamais, par rivalité d'ambition et d'opinion, se discréditer dans le public en attaquant
les améliorations proposées par le pouvoir. *Le
Siècle*, en critiquant le discours de M. Pinard

aux ouvriers, montrait, au mois de juin dernier,
sa mauvaise humeur de voir que le gouvernement impérial faisait pour les ouvriers ce que
les démocrates de 1848 n'avaient pas fait ni les
gouvernements précédents. M. Louis Blanc avait
bien inventé l'égalité du salaire, et le gouvernement provisoire les ateliers nationaux, mais on
se rappelle que les ouvriers ne s'enrichissaient
pas dans ces ateliers, et qu'ils s'ennuyaient de
n'avoir rien autre chose à faire que de chanter
sur l'air des *Girondins :*

> Nourris par la patrie,
> C'est le sort le plus beau, le plus digne d'envie.

« Gardez-la, votre loi, disait M. Pelletan, à
propos du droit de réunion, nous n'en voulons
pas. » Pourquoi? parce que ses amis et lui voulaient le droit absolu, sans garantie contre les
abus du droit illimité ; ils voulaient que la liberté fût, pour eux, partout, et la responsabilité nulle part ; ils voulaient le droit de se réunir
pour discuter la forme du gouvernement constitué par la volonté nationale, la religion de
trente-cinq millions de Français, et supprimer
l'un et l'autre comme au Congrès de la paix. Le

peuple demandé des améliorations dans le régime
qui le gouverne ; les députés démocrates répondent aux aspirations de leurs mandataires en re-
poussant toutes les améliorations proposées par le
pouvoir !!! La presse démocrate fait chorus à ce
boum ! parlementaire, et voilà ce qu'on appelle
le progrès libéral !

Quand les ouvriers de Bességes et de la
Grand'Combe faisaient triompher l'élection du
candidat patronné par le gouvernement, *le Siècle* s'écriait avec une naïveté comique et pleine
d'amertume : « Il est profondément regrettable
que ces rudes travailleurs continuent à se désin-
téresser des affaires publiques. » S'ils s'étaient
abstenus de voter ou s'ils avaient voté pour le
candidat de l'opposition, *le Siècle* n'aurait pas
trouvé qu'ils se désintéressaient des affaires publiques. De pareils raisonnements sont à l'ordre
du jour dans le camp de l'opposition, et ceux
qui les font comme ceux qui les écoutent, ne
paraissent pas s'apercevoir de leur niaiserie.

Pour la revue du 14 août, la presse radicale
avait annoncé que le peuple et la garde nationale crieraient : *Vive la liberté !* ils ont crié :
Vive l'Empereur ! et la presse radicale de gémir

sur ce que les préoccupations puériles et mesquines des partis ne corrompent pas les masses.
Ces taquineries constantes, excessives, finissent par irriter. le pays qui s'indigne contre
l'opposition et vote pour les candidats du gouvernement. *Le Temps* verse aussitôt des larmes
sur ce qu'il appelle « l'affaissement de l'esprit public, » et gourmande ses amis en leur
disant qu'ils ne sont pas « sérieux », qu'ils
s'obstinent à prendre « leur égoïsme pour des
principes et leurs ambitions pour des dévouements. » En effet, le peuple est bien bête de
tourner le dos à ceux qui le fusillaient et le
bâillonnaient en 1848, et qui le bâillonneraient
et le fusilleraient encore pour revenir au pouvoir et s'y maintenir.

Aussi, que d'anathèmes ces singuliers démocrates ne lancent-ils pas contre le suffrage universel ! Obligés de créer le suffrage universel,
ils avaient inventé la loi du 31 mai qui suppri-
mait trois millions d'électeurs ; ayant peur du
peuple, ils avaient inventé le *suffrage universel
restreint !* Maintenant ils regrettent le régime
des censitaires ! Il est vrai que sur ce chapitre
il n'y a pas d'accord dans l'opposition. Le suf-

frage universel est un principe démocratique que les démocrates ne peuvent renier, mais dont l'application les révolte, car les résultats sont contre eux.

Quelques phrases prises dans la presse de l'opposition nous édifieront sur ce sujet drôlatique.

« Nous avons pour le suffrage universel tous les sentiments que la constitution réclame ; nous le respectons donc dans son existence, dans son principe et *même* dans ses résultats, ce qui est méritoire ; enfin nous ne demandons qu'à l'adorer aussitôt qu'il *nous en donnera l'occasion.*

» La France n'ayant pas *souhaité* le suffrage universel, a fait avec lui un mariage de *raison* plutôt que d'inclination... Il y a heureusement bien des mariages de raison où l'inclination s'est fait jour. Pour nous — nous pouvons en répondre en consultant notre cœur — l'inclination nous viendra pour le suffrage universel le jour même où *il aura converti à nos doctrines* les amis du *Constitutionnel.* » C'est-à-dire le jour où il enverra aux chambres M. Prévost-Paradol et ses amis, car c'est le *Journal des Débats* qui parle.

M. About résume dans *le Gaulois* toutes les

excentricités publiées par la presse radicale sur
le suffrage universel. Il est trop plaisant pour ne
pas l'écouter un instant.

« C'est la majorité qui commande, dit-il ;
c'est elle qui nous conduit, de plein droit, par
le suffrage universel, fût-il huit millions de fois
démontré qu'elle n'y voit goutte. » C'est-à-dire
que les huit millions de voix qui ont fait l'Empire ont moins de raison que l'auteur de *Gaë-
tana*. « Il est dit, continue-t-il, que dorénavant
toutes les volontés du grand nombre auront force
de loi en politique, en guerre, en finance, en
tout ; mais rien ne prouve que le grand nombre
verra juste, rien ne prouve qu'il ne se contre-
dira pas d'un jour à l'autre. » Mais il semble
que le principe démocratique repose sur la volonté « du grand nombre » et que le principe
censitaire qui repose sur la volonté de quelques-
uns a été détruit par la Révolution ! Est-ce que
nos révolutionnaires auront bientôt fini de se
contredire « d'un jour à l'autre, » et de repousser en 1868 ce qu'ils ont proclamé en 1848 ?

« C'est une erreur de M. Guizot et de ses honorables collègues, poursuit M. About, qui nous
a valu le suffrage universel prématuré. Et c'est

14

ce malheureux suffrage universel qui condamne
la tête à marcher derrière la queue, car enfin la
majorité est maîtresse et l'élite ne peut qu'obéir ;
elle sera longtemps encore une infime minorité. »

Oh! peuple souverain, voilà comme on traite
ta majesté! Tu devrais marcher à la queue de
la procession comme les curés de nos paroisses,
et laisser la tête aux hommes d'élite, dont
M. About est un noble représentant. Ces hommes d'élite te conduiront aux barricades, et là,
tu t'en rappelles, ils te laissent volontiers la tête
pour prendre la queue !

L'Avenir national et *le Français* n'adorent pas
plus le suffrage universel et le peuple souverain
que les autres feuilles de l'opposition. Royalistes
ou démocratiques, ces journaux disent sur tous
les tons, comme M. Peyrat, qu'il existe une
« collection d'individus plus intelligents et plus
avisés que le peuple, ayant la lumière et l'autorité nécessaires pour reconnaître et pour déclarer que le peuple s'est trompé. » Pauvre peuple!
comme on te malmène quand tu travailles pour
maintenir la tranquillité publique, quand tu
t'occupes de tes intérêts que tes prétendus amis

voudraient compromettre, et que tu ne leur tends pas la main pour te relaisser marcher dessus et te replonger dans la misère !

Décidément, pour nos démocrates comme pour nos patriotes royalistes, le peuple est une masse inepte au nom duquel ils peuvent tout se permettre, dont ils veulent se servir pour renverser le pouvoir, se substituer à la place du pouvoir déchu, mais auquel ils refusent l'intelligence nécessaire pour se mêler à la vie politique. Ils veulent bien que le peuple soit une baïonnette entre leurs mains, mais ils ne veulent pas que cette baïonnette soit intelligente. Ils n'osent pas demander le retour au régime censitaire, comme sous la Restauration et la monarchie de Juillet ; mais ils exaltent cette époque où le roi régnait mais ne gouvernait pas, où l'on faisait la chasse aux portefeuilles comme on fait la chasse aux moineaux, où l'on changeait de ministres comme de chemises, où l'on avait de temps en temps de petits attentats et de grandes émeutes, où la France était descendue au rang de puissance de second ordre, où personne aux Chambres ne s'occupait d'elle que pour faire tomber un ministère......

M. de Carné détrempe *le Français* de ses larmes, en parlant de cette bienheureuse époque ;
cela se comprend très-bien, car après le plaisir
de gouverner, le plus grand plaisir qu'un
homme politique puisse avoir, c'est celui de
renverser un gouvernement. Or, comme l'Empire ne peut pas employer tous les anciens employés des anciens gouvernements, l'Empire
devient pour ces messieurs un gouvernement
trop mauvais et trop coriace ; chercher à le mettre à bas, c'est faire preuve d'un grand civisme
et d'une grande honnêteté. Le régime actuel
étant une impasse pour l'opposition rouge, blan-
che ou bleue, inventer un nouveau régime étant
chose impossible, elle désire nous faire rentrer
dans les ornières du passé, au nom de la morale
et du progrès ! Ah ! le beau temps celui-là !
M. de Carné s'en rappelle ; il n'a pas oublié que
son amendement de 1845 lui fit prendre au
ministère des affaires étrangères la place occupée
par M. Drouyn de Lhuys. Toujours en France
l'on prêchera pour sa boutique ! Toujours en
France l'on chantera : « Sans ficelles il n'est
pas de bonheur ici-bas ! »

XVIII

COMME QUOI L'ASSOCIATION DU BONNET PHRYGIEN,
DU LIS ET DU COQ GAULOIS A DU BIEN RÉJOUIR
MARAT ET LOUIS XVI.

Les démocrates voyant la répulsion que le
peuple témoignait pour souscrire à la reproduc-
tion des œuvres de 93 et de 48, se coalisèrent
avec les royalistes, trop faibles pour faire une
troisième Restauration, et les parlementaires pas
assez forts pour rétablir la monarchie de Juillet. Les 7,824,189 voix qui ont proclamé l'Empire, ne tenant pas à le renverser, ceux qui lui
préfèrent le règne des barricades, celui du droit
divin et celui de la bourgeoisie se sont embrassés
pour nous faire une nouvelle révolution.

Ce spectacle touchant, n'a pourtant touché

personne et, à ce qu'il paraît, il ne suffit plus de
se mettre trois contre un pour tomber son homme, il faut encore que cet homme y mette de la
bonne volonté pour tomber, sinon il ne tombera
pas. La lutte est engagée, et les trois ne sem-
blent pas les plus forts; il est vrai qu'étant tom-
bés déjà plusieurs fois, ils se sentent encore
meurtris de leurs chutes. C'est égal, Marat et
Louis XVI doivent être très-édifiés de cette belle
comédie, de cette tendre réconciliation ! Au reste,
dans un siècle de progrès et de liberté, cette alliance du lis, du coq gaulois et du bonnet phrygien n'a rien de surprenant.

Le lis doit avoir fait beaucoup de progrès
depuis 89, pour se coiffer de la sorte ; néanmoins
il fait triste mine sous le bonnet porté par les
bourreaux du 21 janvier ! Robespierre doit bien
rire du fond de sa tombe ! Quant au coq gaulois,
je ne crois pas qu'il veuille devenir le dindon
de la farce. Une maison fondée sous la raison
sociale : Berryer, Thiers et Jules Favre, doit
faire un singulier commerce ! Ces messieurs
n'ont-ils passé leur vie à se combattre, à se renverser les uns les autres ? Quelle étrange association ! Quels sentiments doivent animer ces trois

hommes, pour qu'ils puissent se serrer ainsi la
main sans rire, non, sans pleurer !

Oh ! Berryer, l'une des plus belles et plus
nobles figures de notre siècle, n'avez-vous pas
senti du feu courir dans vos veines, quand vous
touchâtes du doigt la main de celui qui fut en
1831, à Aix, salué par un charivari, aux cris de :
« A bas le traître à la France ! le traître à l'Italie ! le traître à la Pologne ; » celui qui acheta
Simon Deutz, en 1832, pour déshonorer la du-
chesse de Berry et l'enfermer dans la citadelle
de Blaye ; celui qui, en décembre 1832, après
vingt-huit mois de liberté, avait la satisfaction
de compter 281 saisies de journaux, 251 jugements, 86 condamnations à un total de 1226 mois
de prison et de 347,550 francs d'amende ; celui
qui fit tirer en 1834 à Lyon contre le peuple,
les républicains et les royalistes, 2,204 coups de
canon et d'obusier et 360,000 coups de fusil ;
celui qui encombra la morgue de Paris ; celui
dont vous auriez dû vous rappeler le portrait
tracé par Cormenin....

Quant aux républicains qui complétaient cette
association, M. Vitu en a fait l'esquisse suivante,
lors des élections de Toulon :

« Nous avons publié, il y a deux jours, en les groupant, quelques-unes des opinions de M. Dufaure sur trois questions touchant à l'essence même des libertés politiques, la presse, le colportage, le droit de réunion. Nous avons montré par ces extraits de circulaires rédigées et signées par M. Dufaure, et que l'on pourrait appeler le code de l'arbitraire, que les opinions de l'ancien ministre de Louis-Philippe, du général Cavaignac et du président de la République, sont radicalement incompatibles avec les idées libérales.

» Les journaux de l'opposition ont fermé les yeux pour ne pas lire ces citations embarrassantes pour la coalition.

» Nous les réimprimons aujourd'hui, en posant formellement au *Temps*, au *Journal de Paris*, au *Journal des Débats*, à *la Presse* et à *la Gazette de France*, la question suivante :

» Admettez-vous avec M. Dufaure la légitimité du délit de fausses nouvelles, résultant soit de publications dans les journaux, soit d'un simple propos tenu dans un cabaret?

» Admettez-vous avec M. Dufaure que le colportage soit non pas un droit, mais une concession, et que cette concession ne puisse s'accorder qu'à des individus bien famés ?

» Admettez-vous avec M. Dufaure que l'administration ait le droit d'interdire par sa seule volonté la circulation d'ouvrages qui ne tombent pas sous le coup de la loi ?

» Admettez-vous, avec M. Dufaure, qu'un ministre puisse, de son autorité privée, assimiler une contravention à un délit et frapper ainsi les contrevenants d'arrestation préventive ?

» Admettez-vous, avec M. Dufaure, que l'administration ait le droit d'interdire à son gré les réunions qui lui paraîtraient dangereuses et de faire occuper militairement le local où ces réunions doivent avoir lieu ?

» Si vous admettez tous ces points de la doctrine de M. Dufaure, vous n'êtes pas des libéraux ;

» Et si vous ne les admettez pas, pourquoi recommandez-vous la candidature de M. Dufaure ?

» En 1839, M. Dufaure était ministre ; il était par conséquent de ceux qui faisaient arrêter et juger les émeutiers républicains que M. Jules Favre défendait devant la cour d'assises on plutôt devant la cour des pairs qui avait remplacé le jury.

» En février 1848, M. Jules Favre approuvait les banquets réformistes, que M. Dufaure condamnait sévèrement.

» A l'Assemblée constituante, M. Dufaure fut un de ceux qui renversèrent du pouvoir les amis de M. Jules Favre et qui les y remplacè· rent.

» M. Dufaure devint ministre du général Cavaignac, et M. Jules Favre fut un de ceux qui refusèrent de déclarer que le général avait bien mérité de la patrie.

» En juin 1849, M. Ledru-Rollin, l'ami et le patron politique de M. Jules Favre, fut arrêté par les ordres de M. Dufaure, ministre de l'intérieur, en même temps que M. Suchet, représentant du Var.

» Par parenthèse, il serait édifiant de voir les amis de M. Suchet et M. Suchet lui-même voter aujourd'hui pour M. Dufaure !

» M. Dufaure avait mis Paris en état de siége et faisait saccager les imprimeries où s'imprimaient les journaux amis de M. Jules Favre.

» M. Dufaure était partisan de l'expédition

de Rome, tandis que M. Jules Favre encoura-
geait la résistance de la république romaine et
tendait les deux mains à Mazzini et à Garibaldi
que M. Dufaure combattait de toutes ses forces.

» Aujourd'hui, M. Jules Favre et M. Dufaure tombent dans les bras l'un de l'autre.
Nous aurions su mauvais gré à nos adversaires
politiques de ne pas nous donner le spectacle de
cette double abjuration. »

Maintenant, écoutons M. Thiers lui-même
sur les coalitions politiques... « Le sort des minorités, dit-il, est de se réunir pour se faire un
peu plus fortes. C'est là ce qui a amené la COALI-
TION dont nous sommes témoins, — coalition la
plus singulière qu'on ait encore rencontrée ; car,
de même qu'on n'avait pas encore vu un gouvernement concilier autant les majorités raison-
nables de tous les partis, on n'avait pas vu non
plus un gouvernement laissant plus de minorités
mécontentes, plus de minorités diverses et contraires.

» Aussi leur a-t-il fallu se pardonner beaucoup de dissemblances, beaucoup d'anciennes
invectives, beaucoup de désagréables souvenirs.
Mais le besoin de la défense commune a fait tout
oublier...

» Les hommes simples, sincères, qui croient qu'on est tenu d'être conséquent, même quand on est un parti, n'auraient jamais pensé que de tels contraires pussent aller ensemble ; mais les révolutions sont plus fécondes en combinaisons que ne peut l'être l'imagination des gens simples et honnêtes...

» Les hommes de parti, tous ensemble, ne s'appellent ni partisans de l'usurpation, ni révolutionnaires, ni carlistes... Ils peuvent avoir fait, pensé, écrit autrefois tout ce que le temps, les révolutions et la fortune ont voulu ; mais grâce entière leur est accordée aux yeux de toutes les religions politiques, si aujourd'hui ils se réunissent dans un *Credo* commun, et consentent à répéter ensemble qu'au dehors le gouvernement trahit la France, qu'au dedans il abandonne la cause des révolutions !

» Ces alliances sont le signe infaillible de l'impuissance des partis.

» Car il faut avoir un grand besoin d'étayer sa faiblesse pour s'unir et s'accorder de telles indulgences.

» Il faut être bien désespéré pour ne pas craindre de tels contrastes, — POUR N'EN ÊTRE PAS HONTEUX !

» Chacun de ceux qui s'unissent, en effet,

serait-il individuellement vrai, est un MENSONGE à côté de son voisin.

» Il n'y en a pas un qui ne soit le DÉMENTI de l'autre, la démonstration de sa FAUSSETÉ.

» Si le carliste a raison, le républicain est quelque chose de monstrueux, et réciproquement. On ne comprend pas qu'ils se puissent regarder les uns les autres !

» Du reste, ces alliances ne sont qu'une réciproque DUPERIE.

» Ceux qui croient y gagner y perdent la considération publique, en laissant voir les choses suivantes :

» D'abord, tous et en commun, qu'ils sont prêts à s'allier à qui que ce soit, à vaincre leurs susceptibilités, leurs répugnances, leurs goûts ; que gens de haut lieu sont prêts à tendre la main à des patriotes, des patriotes à des émigrés, pour détruire ce qui existe.

» Ensuite, qu'ils sont prêts à passer par toutes les voies pour arriver à leur but, c'est-à-dire à travers l'anarchie, la démagogie, le sang, comme cela s'est vu !... »

Après M. Thiers, faisons quelques extraits de la presse radicale sur les coalitions.

« Va-t-on, pris de je ne sais quels scrupules sur le chapitre des coalitions, sacrifier à la pruderie démocratique, le succès électoral. » — Le *Temps*. — On voit que ce journal professe un assez joli dédain pour la conscience et la probité. Aussi répond-il au *Siècle* qui gémissait sur la possibilité d'adopter « un catholique à la façon de M. Veuillot. »

« Vous savez bien que les catholiques de la façon de M. Veuillot votent pour l'officiel, et que les catholiques de la façon de M. Berryer votent pour M. Grévy... Il n'y a pas deux tactiques sur le champ de bataille ; il n'y en a qu'une, celle qui donne la victoire. »

A propos de M. Grévy, patronné par les trois partis, on n'a pas oublié qu'en 1830, il s'est battu sur les barricades contre l'expédition de Rome. Tandis que M. Berryer favorisait l'élection de ce candidat républicain, M. Jules Favre appuyait dans le Gard la candidature légitimiste de M. de Larcy. — « Passe-moi la rhubarbe, je te passerai le séné ! »

L'Avenir national trouve que cette coalition est une « affirmation de la conscience » de ces trois partis qui veulent « affirmer chacun leur

manière de voir *et tenter de la faire prévaloir.* »
Ce journal devrait nous dire si c'est au moyen
des Cosaques, comme en 1815, des barricades,
comme en 1830, ou de la Révolution, comme
en 1848 ? On ne peut pas penser à tout !

Le *Journal des Débats*, par l'organe de M. Prévost-Paradol, pose les mêmes prémisses, publie
les mêmes principes, mais quand on lui demande d'en tirer les conséquences, il répond
que c'est : « une question de confessionnal, » et
n'ose pas dire qu'il fait de l'opposition pour renverser le gouvernement.

Somme toute, comme il faut couvrir de quelques phrases pompeuses l'indécente nudité des
théories de cette coalition, les trois partis proclament dans leurs feuilles que : « Le pays ne doit
plus appartenir qu'à lui-même. » Cette phrase
est pompeuse, en effet, mais elle ne signifie rien,
car le pays s'appartient plus à lui-même quand
il a le suffrage universel que lorsqu'il a le suffrage restreint.

« L'échec de la candidature de M. Dufaure, disait *l'Union*, prouve que toute espérance d'*alliance contre nature* entre les conservateurs indépendants et les révolutionnaires est la pire des

illusions et le plus dangereux des piéges, en
même temps que le plus faux et *le plus immoral
des calculs.* » Ce calcul n'ayant pas réussi, *l'U-
nion* regrette de l'avoir fait ; elle a raison, tant d'autres n'ont pas la pudeur d'avouer la vérité. Elle
reconnaît aussi que c'est un piége ; malheureusement pour ceux qui l'ont tendu, l'esprit politique se réveille, se développe parmi le peuple,
qui ne veut plus de ces piéges, car lui seul en
est la victime.

Le peuple comprend que les révolutions le
ruinent, lui donnent l'anarchie et la misère ; il
sent, dit un républicain, M. Weill, « qu'il faut
qu'il plante, qu'il sème, qu'il tisse et qu'il ré-
colte en repos. Il ne demande pas mieux que de
travailler, pourvu que son travail soit assuré.
Cet instinct de conservation est si violent qu'il y
sacrifie, s'il le faut, la liberté. Le premier besoin d'une nation, c'est l'ordre. L'ordre établi,
il cherche la liberté. Pour marcher, il faut d'a-
bord être debout. L'ordre, c'est le pouvoir d'être
debout. La liberté, c'est la marche, le mouvement ! »

L'opposition, dans la presse comme à la tribune, ne s'occupe pas du peuple ; elle ne s'ap-

pellerait plus opposition si elle s'en occupait.
Elle s'amuse à compiler toutes les bêtises dites,
toutes les maladresses faites, tous les petits actes
arbitraires commis par les employés et les fonctionnaires et dit au gouvernement : « Voilà votre
œuvre, voilà ce que vous faites ; nous ne voulons pas de vous. »

Raisonnements de pots cassés. L'histoire de
l'opposition nous apprend que sous les anciens
gouvernements, depuis Charlemagne au moins,
les employés et les fonctionnaires n'ont jamais
été des anges, pas plus que le commun des mor-
tels. Aujourd'hui nous avons des maires, des
sous-préfets, des préfets, des fonctionnaires de
tous les rangs et de toutes les catégories qui sont
fonctionnaires avant tout ; ils ont été royalistes,
orléanistes, républicains, bonapartistes, ils le
sont peut-être encore, ils le seront peut-être
toujours ; toujours peut-être aussi laisseront-ils
percer le naturel, l'esprit de parti à travers l'habit
du fonctionnaire ; mais peut-il en être autrement?

Le gouvernement n'est-il pas plus à plaindre
qu'à blâmer de toutes les bévues et de tous
les abus qui se commettent en son nom ? Ah !

certes, je n'ai pas la stupide niaiserie de dire
que tout est pour le mieux dans le meilleur de
notre monde et qu'il ne se commet point de
fautes sous le régime actuel ; mais ce qui est
évident, ce que j'ai vu surtout dans la question
mexicaine, c'est que le gouvernement est parfois
mal servi, souvent très-desservi par ses agents,
et qu'en les connaissant à l'œuvre, il pourrait
remédier au mal sans se déconsidérer ; loin de
là. Mais peut-il donner les places au concours,
comme des prix de collége? Ne les donner
qu'aux plus forts en intelligence, probité, dévouement et tact? Quel est le pays où les fonctionnaires sont inattaquables, inattaqués?

Triste vérité, mais vérité! Les hommes sem-
blent souvent, par leurs inconséquences, répéter
le mot de Louis XV : « Après moi le déluge. »
Si j'étais gouvernement, je ne confierais pas le
moindre petit village, la moindre petite fonction
à quiconque penserait de la sorte ; car le déluge
n'attend pas, il n'est pas aux ordres de l'homme ;
il est un châtiment de Dieu. Les moments deviennent graves ; les partis s'exaltent ; les hommes se révèlent, se comptent, proclament la lutte
et l'acceptent. Il n'y avait pas de lutte avant

1859 ! D'où vient-elle ? Où nous conduira-t-elle ?

L'opposition ne paraît comprise de personne ; en l'exagérant, on lui donne une force qu'elle n'avait pas. Elle ne vit et ne se fortifie que des fautes qu'elle cherche à faire commettre. Elle me rappelle les États-Unis, devenus forts par la frayeur qu'en a manifesté l'Europe entière ! Pour bien comprendre l'opposition et s'en servir même, il faudrait la considérer comme une soupape et non pas comme une menace. Il faut avoir l'œil sur elle et non pas la main ; car ce n'est pas la soupape qui fait éclater la chaudière, mais la vapeur. Veillez à ce que la chaudière n'ait ni plus ni moins de vapeur qu'il ne lui en faut, et ne craignez pas la soupape, elle ne bougera pas.

L'histoire de nos dernières révolutions nous apprend aussi que les gouvernements se suicident, mais ne sont jamais renversés par le peuple. La guerre de Hollande, suscitée par l'orgueil de Louis XIV, a commencé le suicide de la monarchie du droit divin, suicide consommé par la faiblesse et l'excessive bonté de Louis XVI. La République de 89 s'est suicidée par ses crimes. Le premier Empire s'est suicidé par la guerre

injuste contre l'Espagne, et le despotisme de
l'empereur qui détrônait les rois pour asseoir
ses frères à leur place. La Restauration s'est
suicidée par ses rancunes et ses traditions. La
monarchie de Juillet s'est suicidée par ses erreurs de bascule et le *bourgeoisisme* de sa honteuse politique. La République de 48 s'est suicidée par son arbitraire et l'incapacité de ses
gouvernants.

Dans ces différents suicides quel rôle a joué le
peuple? Celui de bourreau qui donne la mort au
condamné, celui de fossoyeur qui enterre un
cadavre. Il n'en a pas joué d'autre. Le bourreau
ne tue que les condamnés à mort, le fossoyeur
n'enterre que des cadavres, jamais des corps
vivants. Derrière le peuple il y avait le jugement de Dieu, dont le peuple est l'exécuteur des
hautes œuvres. Je le répète, le peuple n'est pas
révolutionnaire; il s'occupe de sa famille et non
de politique; il ne renverse pas les gouvernements, il les enterre quand ils se sont suicidés.

Habiles à tirer parti de toutes les circonstances qu'ils font naître ou qui se présentent
naturellement, les républicains n'ont en ce moment que ces mots dans la bouche : « Le 2 dé-

cembre ! » Eh ! bien, parlons-en de ce 2 décembre qu'on nous jette constamment à la tête pour nous empêcher de parler des massacres de juin, des émeutes partielles qu'on soulevait à chaque instant et des massacres plus déplorables encore, épargnés par le 2 décembre qui ne coûta la vie qu'à cent personnes.

Lorsque M. Jules Favre et ses amis attaquent à la tribune la Constitution, ils disent pour se justifier : « Ce n'est pas nous qui l'avons faite ! » S'ils trouvent excellente cette raison, pourquoi reprochent-ils à l'Empereur d'avoir mis au panier la Constitution de 48, bâclée par la commission des dix-huit, faite sans lui et contre lui ? Mais avant que la Constitution ne fût connue, l'on ne voulait déjà plus de la république. Jetant des regards d'espérance sur le prince Louis-Napoléon, la garde nationale ne criait-elle pas déjà : « A bas la république, » au bivouac du Luxembourg, dans la nuit du 15 mai ? Lorsque l'Assemblée fit un décret spécial de bannissement contre le prince, le peuple ne répondit-il pas à ce vote, en nommant le banni quatre fois, et Paris ne le proclama-t-il pas dans une liste supplémentaire ?

Tous les républicains honnêtes avouent qu'a-
près le 15 mai, la réaction furibonde, provo-
quée par cet attentat et la quadruple élection
du prince Louis Bonaparte, désirait l'Empire.
On ne se gênait guère alors pour dire dans le
peuple : « Celui-là nous débarrassera de la république et de ses journées. » Cette quadruple
élection faite sans placards, sans circulaires, en
dépit du vote de l'Assemblée, n'annonçait-elle
pas que le peuple cherchait un homme pour
renouveler le 18 brumaire ? Aussi, le 13 juin,
lorsque l'Assemblée attendait la démission de la
commission exécutive, ne criait-on pas dans les
rues : « Vive l'Empereur ! » et dix jours après,
quand le prince Louis Napoléon eut donné sa
démission dé représentant, les rues ne retentis-
saient-elles pas du cri : « A bas Lamartine ! A
bas la commission exécutive ? »

La constitution présentée pendant l'état de
siége fut enfin proclamée le 10 novembre. A la
dictature militaire du général Cavaignac, devait
succéder un président de la république. Tout le
monde voulait être président. M. Thiers, se
croyant maître de la majorité de l'Assemblée,
désirait que l'élection fût faite par l'Assemblée,

Cavaignac, ayant les mêmes illusions, prêchait pour le même système. M. de Lamartine n'osant pas mécontenter l'Assemblée ne se prononça qu'indirectement pour l'élection par le peuple. La Montagne désirait une nouvelle *Convention* qui aurait recommencé les *guillotinades* de 93. Personne ne s'entendait, car tout le monde voulait gouverner et personne obéir.

Au milieu de ces discussions, « l'élection quintuple du prince Louis Napoléon tomba comme une bombe au milieu de ce chaos constituant, » dit un historien républicain; le peuple venait pour la seconde fois manifester sa volonté de manière à la faire accepter, il ne voulait plus de république. « Ce vote, dit ce même historien, voulait dire aux républicains : « Vous avez man-
» qué à tous vos devoirs, d'abord en proclamant
» la république sans nous consulter, puis en
» violant par la force l'Assemblée élue par nous,
» voici l'homme que nous vous envoyons et qui
» vous croquera tous. »

« M. Thiers, voyant sa cause perdue, finit par se prononcer pour le prince, en haine de la république. *La Presse* de M. Girardin travaillait à a sueur de son front pour l'élection du prince,

en haine du général Cavaignac. Le parti de la
Gazette de France vota pour le prince, en haine
de la rue de Poitiers, espérant que la Constituante serait forcée de se dissoudre. Enfin, une
bonne partie des socialistes votèrent pour le
prince, en haine des vainqueurs de juin. »

Ainsi, le prince fut élu président de la république le 10 décembre par le peuple qui ne voulait plus de la république, et par une bonne
partie de l'Assemblée qui ne voulait plus : les
uns, des républicains modérés, et les autres, des
républicains socialistes.

Ces faits témoignent que si le 2 décembre a
violé la Constitution de 48, la France entière,
sauf quelques individualités, désirait ardemment
que la Constitution fût violée. Elle le désirait de
telle sorte que cette violation fut sanctionnée
par huit millions de voix, car elle préférait voir
mettre au rebut un chiffon de papier, noirci à
la hâte par dix-huit individus, dans un moment
de surprise et sous la pression d'émeutes continuelles, que de voir constamment la mitraille
ensanglanter les rues, les cadavres encombrer
les cimetières, la vie de ses enfants sans cesse

menacée et l'anarchie hideuse étendre sa main
dissolvante sur un aussi beau pays.

Il est étrange d'entendre ces gens reprocher
à l'élu du 10 décembre, d'avoir fait ce que la
nation tout entière lui demandait, ce qu'ils n'ont
pas eu le courage de faire, ce qu'ils voudraient
faire aujourd'hui, s'ils étaient les plus forts. Et
ces gens se disent libéraux, démocrates! Allons
donc! Ils sont démocrates à la condition d'être
président ou ministres, de conserver leurs équi-
pages et leurs domestiques, ou d'en avoir s'ils
n'en ont pas. Démocrates! oui, pour devenir de
petits czars, de petits despotes! Ils oublient qu'ils
se sont révélés en 48 ; mais la France ne l'oublie
pas. L'ouvrier qui disait à Baudin : « Nous ne
voulons plus nous battre pour vos 25 francs, »
ne s'appelle plus légion, il s'appelle : peuple!

Voilà ce que j'appris quand j'étais journaliste,
ce que beaucoup ont appris comme moi, mais
ce qu'on n'ose pas dire, car la vérité nuit toujours à celui qui la dit. Hélas! Le monde est et
sera toujours ce qu'il a été, la vérité ne le changera pas, car il la repoussera toujours et n'en
profitera jamais. Sous la voûte du ciel il n'y a
pas, il n'y aura jamais de gouvernement parfait.

Le soleil a ses taches, tous les gouvernements
ont les leurs. Il en sera de même jusqu'à la
consommation des siècles.

Au lieu de jouer le rôle agaçant, banal, anti-
patriotique que joue la presse française par ses
attaques violentes, continuelles et trop souvent
de mauvaise foi, ou par ses applaudissements
exagérés et ses palidonies puériles, ne devrait-
elle pas, comme en Angleterre, s'élever à la
dignité de conseiller, de critique sage, national
avant tout et modéré ? Je le répète, une mission
est plus digne qu'un rôle. Tout journaliste
devrait se donner la mission de servir son pays
en éclairant le gouvernement sur ses erreurs et
sur les fautes de ses agents, comme en l'approu-
vant dans ce qu'il fait de bien. Cette mission, je
l'accomplirai; tant que mes doigts pourront
manier la plume je ne cesserai de dévoiler la
vérité aux uns comme aux autres; les uns et
les autres continueront à me repousser comme
un Cassandre désagréable, mais tant pis pour
eux; voilà longtemps que je suis fidèle à la
vieille devise française : FAIS CE QUE DOIS, AD-
VIENNE QUE POURRA, ce n'est pas aujourd'hui
que je la renierai.

POST-SCRIPTUM

Décidément, le métier d'écrivain honnête et consciencieux est un métier aussi triste que difficile. A peine ai-je communiqué les premières épreuves de ce livre, à quelques journalistes amis, que, sans attendre la lecture des trois derniers chapitres, on me prophétise de tous les côtés une avalanche d'injures ou le silence le plus complet sur mon esquisse des hommes et des choses de la presse.

— Trop d'impartialité, mon cher, me dit l'un.

— Trop de vérités, me dit l'autre.

— Pas assez de gaze sur le journalisme officieux, ajoute un troisième.

Un quatrième, plus intelligent et plus pratique que les autres, me frappe amicalement sur l'épaule et, tout en tirant un bouton de ma tunique, m'adresse le discours suivant :

« Votre livre vous nuira, car vous défendez la politique de l'Empereur, qui ne vous lira jamais, vous soutenez le régime impérial, sans accepter ses ombres, et vous n'avez pas songé à prendre vos intérêts personnels. Voilà dix ans qu'en votre qualité d'homme de lettres ou de journaliste vous avez toujours défendu la même cause et de la même manière. Vous avez rendu, par la plume et dans l'armée, des services incontestables. A quoi vous ont-ils servi? Vous a-t-on donné un journal, comme à MM. X. Z. et autres? Vous a-t-on donné honneur ou profit, comme à MM. Z. X. et autres ? Non.

» Pourquoi ?

» Parce qu'au lieu de défendre la politique impériale, vous auriez dû défendre les actes ministériels. Parce qu'au lieu de dire à tous la vérité, vous n'auriez dû la dire qu'aux hommes de l'opposition. Parce qu'enfin, du moment où vous vouliez rester honnête et ne flatter personne, vous deviez vous attendre à... rester ce que vous êtes, et voir la bienveillance gouverne-

mentale accaparée par les habiles et les *vei-
nards.* »

  Ce *speech*, bien senti, me prouva que l'amour
de la vérité n'était pas le plus productif de tous
les amours. Peu de jours après cette mercuriale,
le *Paris* m'en donna une nouvelle preuve, en
publiant une protestation du général Prim
contre ma trop véridique *Histoire du Mexique.*
Dans cette protestation, le modeste général oublie de dire que, dans le journal *El Eco de Eu-
ropa* qu'il publiait au quartier espagnol d'Orizaba, il disait en parlant de lui-même :

  ...« Nous avons là un noble capitaine que la
Grèce et Rome auraient élevé au rang de leurs
dieux, un héros qui, au moyen âge, aurait été le
fondateur d'une dynastie de rois... Nous avons
là un glorieux paladin, qui, comme soldat, est
un foudre de guerre, un foudre de gloire... si le
général Prim s'était laissé emporter par ses
instincts belliqueux, le monde n'y aurait rien
vu d'étrange, car ce n'eût été, de sa part, qu'a-
jouter *un sujet de plus à la galerie des tableaux*
héroïques, et le monde est accoutumé à cela...
ses amis disent de lui *qu'il est l'ange extermina-*

teur, l'ange de consolation, le lion des batailles, le demi-dieu de la guerre, et, pour faire son portrait, Homère l'eût comparé à Mars. »

Je fis suivre cette jolie petite apologie de révélations qui nous montraient ce « foudre de guerre » et ce « demi-dieu, » sous un jour tellement humain que le général se mit en colère, — faiblesse des plus humaines — et protesta de la manière suivante contre mon ouvrage :

PROTESTATION DU GÉNÉRAL PRIM
ENVOYÉE A M. LOUIS BLAIRET, POUR ÊTRE PUBLIÉE
DANS LA PRESSE PARISIENNE

A M. l'abbé Domenech, ancien directeur de la presse au cabinet de feu l'empereur Maximilien, ex-aumônier de l'armée française au Mexique, auteur d'une Histoire du Mexique.

Monsieur,

On vient de me communiquer une *Histoire du Mexique* qui porte votre nom et vos qualités. Votre *Histoire*, en ce qui a trait à la triple expédition, n'a pas au suprême degré ce cachet de calme et d'impartialité du témoin désintéressé.

A chaque page perce, malgré vous sans doute, le désappointement de l'acteur qui a été troublé dans son rôle. On sent que les événements ont pris une tournure opposée à vos espérances. Aussi, sans respect humain, vous prenez à partie tous ceux qui ont contribué à donner à ces événements une direction qui blessait vos calculs.

Il importe cependant de ne pas laisser triompher l'erreur, car je me plais à croire que vous avez écrit avec plus d'ignorance que d'absence de bonne foi et de bonté. De méchants péchés ne doivent jamais se supposer chez celui qui est l'élu du Seigneur pour combattre le péché lui-même. Imputons à l'ignorance, à l'erreur si mieux vous aimez, les faits que vous citez, les appréciations malveillantes, les suppositions injurieuses, enfin tout ce que vous osez verser sur de nobles caractères et sur des réputations trop solidement établies pour être ébranlées.

Je me bornerai à redresser quelques-uns des faits qui me concernent, quoi qu'il m'en coûte de répéter ce que j'ai déjà publié du haut de la tribune.

Qu'allions-nous faire au Mexique ? La convention de Londres le dit clairement : « Réclamer ce qu'exigeaient les intérêts blessés de la France, de l'Angleterre et de l'Espagne, par une expédition armée, sans recourir toutefois à la force qu'après avoir épuisé les voies pacifiques. »

Dans le cas de guerre, l'article 2 définissait et limitait le but qui ne devait pas être dépassé. Nous occupons Vera-Cruz, sans déclaration préalable ; nous réclamons auprès du président, qui se montre, dès le premier jour, disposé à faire droit à nos réclamations. Les préliminaires de la Soledad n'avaient d'autre but que de fixer le jour où nos réclamations collectives devaient être présentées.

A quel propos et de quel droit devions-nous bouleverser la république ? Quel besoin de faire appel à la force pour défendre des droits qu'on était tout disposé à discuter ? Devions-nous commencer par chercher querelle à un peuple qui se montrait prêt à régler nos différends sur son territoire que nous avions envahi, et sur lequel flottaient nos drapeaux ? Loin d'exiger l'évacuation préalable, nous l'avions amené à nous accorder de meilleurs campements, ce qui avait excité son orgueil national à hâter la conclusion d'un traité.

Les trois nations confédérées n'avaient pas une seule légitime réclamation à faire prévaloir qui ne pût être obtenue par les formes diplomatiques. Tous ceux que la passion ou l'intérêt personnel n'aveuglent pas, ont ainsi jugé cette question mexicaine, dont l'issue a été si déplorable pour la France et ses protégés. En Europe et dans les deux Amériques, on est parfaitement édifié sur ce sujet, et tout ce qu'on pourrait écrire ne changera pas l'opinion établie. Vos récriminations peuvent être blessantes, mais elles sont impuissantes, et les vains efforts de votre plume se briseront comme les efforts de l'intervention se sont brisés contre le parti libéral du Mexique, qui ne veut pas plus le *despotisme du trône* que celui de l'autel.

Il faut en prendre votre parti. Vous avez été vaincu par le droit de la force, et, plus encore, par la force du droit. Cette couronne du Mexique, comme celles promenées en Europe sous le premier empire, s'est vite évanouie. Elle avait commencé dans le ridicule, elle a expiré dans le sang, foulée sous les pieds indépendants des enfants du Mexique.

Quant à moi, je l'ai dit très-haut, je n'avais aucune mission, ni directe, ni indirecte, d'établir un empereur au Mexique. En Espagne, ni hors de l'Espagne, personne ne m'avait entretenu d'une pareille éventualité. Outre les preuves puisées dans les traités, les débats soulevés dans les divers parlements, les correspondances diplomatiques et le petit nombre de troupes engagées dans l'expédition, il est évident qu'on ne voulait pas aller au delà des termes de l'article 2 de la convention, *de ne pas porter atteinte au droit de la nation pour constituer librement la forme de son gouvernement.*

Sept mille hommes, dépourvus de tous moyens de transport, même pour l'artillerie, pouvaient appuyer la diplomatie énergiquement, mais étaient impuissants pour édifier un empire. Pour vous, qui ne doutez de rien, vous avez voulu marcher en avant, tout de suite et quand même; mais pas un militaire connaissant son métier n'eût appuyé à la Vera-Cruz cette *furie française.*

Quand les Anglais et les Espagnols ont opéré

leur retraite, les vides ont été comblés par de
nouvelles troupes françaises , au nombre de
7,000 hommes. Ces braves soldats ont marché
ur Puebla. Ils étaient mieux pourvus que nous
ne l'étions en arrivant, et ils ne partaient pas
d'un point aussi éloigné que le littoral. Par suite
des préliminaires de la Soledad, ce fut de Cor-
dova que partit la colonne française. Les choses
étaient déjà meilleures qu'au début de l'expédition, mais elles n'étaient pas encore suffisan-
tes. Il a fallu reculer, attendre des renforts et
engager 25,000 Français, admirablement armés, qui ont été retenus soixante jours devant
une ville ouverte , défendue par un adversaire
inférieur en nombre.

Depuis Cortez, il n'est pas facile d'occuper le
Mexique par force. Le maréchal Forey, à la tête
de 40,000 Français et de 15 à 20,000 indigè-
nes, a sillonné le territoire mexicain en tous sens.

Il l'a vu en militaire, en administrateur, en
homme politique ; il a tout observé , tout pesé,
tout apprécié , et le résumé de ses observations
a été ce que j'avais reconnu et proclamé moi-
même. Le maréchal Bazaine a vu clair aussi, et
il a eu le courage de dire la vérité, au risque de

déplaire, à vous d'abord, et peut-être à bien plus haut que vous ! Je connaissais le Mexique mieux que vous et vos amis. Vous n'avez vu qu'au travers du prisme de l'intérêt ; ce mirage est souvent trompeur, et vous vous êtes bientôt aperçu qu'il ne suffisait pas de montrer un empereur pour que l'empire devienne un fait accompli.

Passe encore si les auteurs de ces coupables machinations en étaient les seules victimes !

Parlons une fois sérieusement.

Ce que vous appelez mes erreurs, mes fautes, mes crimes, — lâchez le mot, — à la Vera-Cruz, à la Soledad, à Orizaba, ont-ils empêché le développement postérieur de l'embryon impérial ? Qu'ai-je empêché ? Pourquoi m'imputer la responsabilité de l'insuccès ? Pourquoi m'accuser d'avoir prévenu la *réalisation* de ce qui n'était pas réalisable ? Peut-on m'imputer aussi d'avoir fallu quatre ans à la France pour croire le pouvoir de Maximilien affermi, et suivre alors mon exemple en réembarquant les troupes, abandonnant ainsi la partie à laquelle il n'y avait rien à gagner , et cédant à la pression d'un peuple voisin avec lequel il n'était pas politique de se brouiller ? Pourquoi n'avoir pas reproduit

ma lettre à l'Empereur ? N'était-ce pas une des
pièces les plus importantes du procès ? Elle vous
contrariait sans doute, et vous avez trouvé plus
simple de la supprimer.

Si Maximilien d'Autriche eût fait plus de cas
de mes avertissements, et un peu moins des vôtres, suivant toute probabilité il serait vivant et
plein de gloire, à côté de son frère, que l'histoire
appellera : *le Grand*, partageant la sublime tâche
de régénération qu'il a entreprise. Maximilien
a expié cruellement le tort qu'il a eu de croire en
tous ceux qui le poussaient vers l'abîme. Sans
doute, au lieu de lui dire la vérité, vous ne lui
parliez que de l'*amour de ses sujets*. Vous lui ca-
chiez que l'Amérique du Nord ne pouvait abriter
un trône, et qu'elle était toute au culte de la liberté ! Vous vous gardiez bien de l'avertir qu'il
était sur un volcan, et que le drapeau de la
France cessant de le couvrir, il tomberait comme
tous ceux qui n'ont pour vivre que cet ombrage
temporaire.

Vous vous gardez bien de dire que ma conduite au Mexique a reçu l'approbation de mon
gouvernement, mais vous prenez un détail dans
une dépêche de M. Barrot à M. Thouvenel sur

16

un entretien que le premier de ces diplomates aurait eu avec notre ministre des affaires étrangères, et vous n'ignorez pas que j'ai démenti cet entretien en plein sénat espagnol, en face de notre ministre qui a confirmé ma parole par son silence. Comment pouvez-vous dire aussi que *dès le début* les plénipotentiaires des trois parties contractantes n'étaient pas d'accord? Ils le furent toujours et sur tous les points, jusqu'à l'apparition de la créance Jecker. Cette affaire fut la véritable pomme de discorde, car jusque-là rien d'*impérial* n'avait transpiré.

Il n'y a pas longtemps qu'un avocat, aussi célèbre par sa loyauté que par son immense talent, égaré par des récits mensongers, crut devoir m'imputer une part de responsabilité dans les événements survenus au Mexique, à propos d'une conversation que j'avais eue avec un personnage auguste. Je me hâtai d'éclairer la religion de M. Berryer par une lettre publiée dans les journaux belges, espagnols et français, qui ne fut réfutée par personne. M. Berryer, avec cette urbanité qui le caractérise, m'a fait une réponse qui est devenue ma complète justification.

Quant à mes aspirations à vouloir m'asseoir sur le trône de Montezuma, l'invention est jolie, et je l'ai gardée pour le bouquet. Il suffit de dire que j'en ai mal pris la route, puisque je lui ai tourné le dos, aussitôt que j'ai vu qu'il pouvait être question de ces tripotages impériaux. Il semblait plus logique de rester au Mexique et de marcher en avant, si j'avais voulu faire valoir ces aspirations monarchiques que les princes appellent *leurs droits.*

Lorsque vous ne pouvez me rendre odieux, vous voulez me rendre absurde. Vous osez m'imputer d'avoir offert un million de francs à Cobos pour le détacher de l'empire. Voici ma réponse en deux mots : Je n'ai jamais vu ce général, et n'ai eu aucune espèce de rapports avec lui, et à l'époque où vous placez la scène pour le corrompre, il était auprès de l'Empereur au Mexique, et moi j'étais depuis longtemps retourné en Europe, où je ne m'occupais plus de ce qui se passait là-bas.

GÉNERAL PRIM.

Pour copie conforme,

LOUIS BLAIRET.

Assez embarrassé pour réfuter brièvement les inexactitudes de cette nouvelle apologie, et d'indiquer les causes d'une aussi grosse colère, je me contentai de faire la réponse suivante, qui parut également dans *Paris :*

Général,

Je crois les questions de personnalités indignes de vous et de moi ; elles n'intéressent aucunement le public ; laissons-les donc de côté. Si je suis sévère dans mon jugement sur le comte de Reuss, ministre plénipotentiaire, je n'émets aucun doute sur la bravoure et l'honorabilité du général Prim. J'attaque, il est vrai, l'ambition et la conduite politique du général-ministre, mais seulement d'après ses propres correspondances, ses faits et gestes, les documents du Sénat espagnol, et ma critique ne va pas au delà. Vous niez ce que je dis, mais vous ne prouvez aucune de vos négations. Moi, je prouve tout ce que j'affirme. La vérité réside-t-elle plutôt dans vos paroles que dans vos actes? Permettez-moi d'en douter, d'autant plus que vous commettez continuellement de graves erreurs sur les dates, les personnes et les événements. Si vous aviez lu de mon *Histoire du Mexique* autre chose que les passages qui vous concernent, vous vous seriez évité la peine de tenter la réfutation de ce qui est irréfutable.

Je n'avais et ne pouvais avoir aucun intérêt dans la question mexicaine; vos insinuations à ce sujet sont donc superflues. Le Mexique m'a rapporté plus de rhumatismes que d'écus. Il m'était fort indifférent que Juarez ou Maximilien régnassent à Mexico, à Pékin, ou ne régnassent pas du tout. Je n'ai pu dénaturer la convention de Londres, ni les préliminaires de la Soledad, ni aucun document officiel, parce que ces documents ont été publiés dans tous les journaux, et qu'ensuite, faisant de l'histoire et non pas un plaidoyer, je n'avais aucun intérêt à ce que ces documents fussent rédigés d'une manière plutôt que d'une autre.

Vous dites que la diplomatie suffisait pour se faire rendre justice. Pourquoi donc aviez-vous des baïonnettes et des canons avec vous, au lieu d'un simple portefeuille de diplomate? Plus loin, vous êtes moins affirmatif quand vous ajoutez que le cas de guerre était prévu, et que

16.

vous deviez recourir à la force, après avoir
épuisé les voies pacifiques. Vous parlez aussi
du *despotisme du trône* sur un ton qui a bien
baissé depuis ce temps, et contredit votre lettre
au *Gaulois*. Ce genre de despotisme paraît ne
plus vous déplaire autant, depuis que vous êtes
au pouvoir, et vous ne seriez point fâché que
l'Espagne subît aujourd'hui ce régime despotique, avec le général Prim pour premier ministre, régent, ou mieux encore.

« Vous ne deviez pas, dites-vous, empêcher la
nation mexicaine de constituer librement la forme
de son gouvernement. » Mais il me semble qu'elle
avait un gouvernement tout constitué, qu'elle
n'a pas procédé à de nouvelles élections pendant votre séjour à Vera-Cruz, et que vous n'alliez pas au Mexique avec des troupes pour consolider Juarez sur le fauteuil présidentiel. La présence de ces troupes ne voulait-elle pas dire
aux Mexicains : « Votre gouvernement n'est
» pas régulier, puisqu'il s'est imposé par la
» force; il n'est pas honnête, puisqu'il ne rem-
» plit aucun de ses engagements, rompt tous
» les traités, ruine par des impôts forcés tous
» nos nationaux et les laisse assassiner impuné-

» ment ; si vous en voulez un autre avec le-
» quel on puisse compter, nous sommes là
» pour vous soutenir ? » Le général Prim
a-t-il consulté la nation avant de se rembar-
quer ?

Vous ajoutez que « le maréchal Forey a
parcouru le Mexique dans tous les sens, à la
tête de 40,000 hommes, qu'il a étudié le pays
sous tous les points de vue, » que lui et les
meilleurs esprits partagent vos sentiments sur
le Mexique. Deux assertions, deux erreurs. Le
maréchal Forey n'a pas été au delà de Mexico,
et n'a par conséquent parcouru le pays dans
aucun sens. Ensuite, voici un extrait d'une
lettre qu'il m'écrivit après avoir lu mon *Mexique tel qu'il est,* sorte de préface à mon *Histoire
du Mexique :*

« Vos appréciations m'ont d'autant plus frappé
» que j'ai toujours jugé les hommes et les choses
» de ce pays comme vous le faites vous-même,
» que ce que vous dites je l'ai dit et fait dire à
» l'Empereur, et que je pense, comme vous,
» qu'avec plus d'entente de la situation au
» début de l'empire, il est certain qu'on l'eût
» consolidé.

» Je suis navré du déplorable résultat ob-
» tenu, quand j'avais laissé les choses si bien
» préparées à mon départ de Mexico. Quel aveu-
» glement de l'Empereur de ne s'être pas appuyé
» sur le parti qui lui avait donné la couronne !
. » Recevez, etc. — FOREY. »

Cette lettre ne paraît pas précisément vous
donner raison ; elle prouve, en outre, que j'ai
vu assez juste ; mais cela n'a rien d'étonnant,
car j'ai habité, étudié le Mexique pendant près
de vingt ans, tandis que vous, général, qui
vous flattez de mieux le connaître que moi,
vous ne le connaissez guère que pour avoir
épousé une Mexicaine. Aussi, vous avouez que
vous n'avez rien dit de sérieux, jusqu'à présent, car vous dites : « Parlons une fois sérieusement, » et vous m'accusez tout de suite
de n'avoir pas reproduit votre lettre à l'Empereur.

Oubliez-vous donc que cette lettre, repro-
duite dans tous les journaux et connue de
tout le monde, n'était qu'une apologie de votre personnalité ? et cette apologie était réfutée
par vos actes. Au reste, vous n'ignorez pas
que je vous avais fait demander de m'envoyer

des documents inédits qui vous justifiassent,
et comme vous n'en aviez pas, vous avez ré-
pondu par une lettre assez étrange que j'ai
publiée dans cet ouvrage qui vous chagrine
tant.

Vous me rendez responsable de la mort de
Maximilien. C'est un peu violent ! Si vous aviez
lu le récit de ma première entrevue avec Sa Majesté, le 22 janvier 1865, vous auriez su que je
lui ai dit assez brutalement : « Sire, vous n'ê-
» tes pas au Mexique pour être gouverné par
» ceux qui ont mis leur pays dans la situation
» où il se trouve, mais pour les gouverner. Si
» vous continuez leurs traditions, vous arriverez
» aux mêmes résultats. » Vous auriez également
appris qu'à cette même époque, j'écrivis une
lettre pour être lue, et qui fut communiquée à
M. Drouyn de Lhuys, alors ministre des affaires
étrangères, dans laquelle je disais : « L'empire
» est usé, fini. Si l'Empereur ne retourne pas à
» Miramar, il sera fusillé, sinon pendu. C'est
» une affaire de temps, mais c'est inévitable. »
Cette prophétie, je l'avais déjà faite en 1862,
dans l'*Empire du Mexique*, et je l'ai republiée
en 1866, dans le *Mexique tel qu'il est.*

Vous voyez, général, que je ne cachais pas la vérité à l'Empereur, et je le flattai si peu, qu'il m'aurait fait quitter le Mexique dans les quarante-huit heures, comme j'en fus menacé, si mon caractère n'eût pas mérité quelques ménagements. Quant aux documents inédits que j'ai publiés, vous les accusez de partialité; pourquoi ne pas les réfuter, au lieu d'en nier la valeur ? Vous me direz que c'est plus commode ?...

« *Général*, vous avez raison. »

Le trône du Mexique vous tient à cœur, et vous affirmez lui avoir tourné le dos. Pourquoi n'ajoutez-vous pas que cette volte-face n'est venue qu'après les impôts forcés, mis par Doblado sur vos propriétés ? Votre propre correspondance avec l'amiral Jurien de la Gravière ne prouve-t-elle pas ce fait, et bien d'autres ? Ne l'avez-vous pas relue dans mon livre ?

Quant à Cobos, je ne dis pas que c'est vous qui lui avez offert un million pour faire échouer l'attaque du 5 mai, contre Puebla, mais Juarez. Autre erreur sur cette affaire. Ce marché eut lieu avant votre départ de Vera-Cruz, et ce général espagnol a été fusillé à Matamoros, avant l'arrivée de l'Empereur. Les dates sont indiquées

dans mon *Histoire*, avec les détails et les pièces
à l'appui, car, je le répète, je *prouve* tout ce que
j'affirme.

Je comprends votre dépit en présence du tableau qui vous dévoilait au moment où vous
alliez répudier les idées antifrançaises et républicaines affichées dans vos lettres, depuis votre
retour de Vera-Cruz, et saisir le pouvoir souverain à Madrid. Vos opinions de circonstance
m'étant indifférentes, je n'ai pu mettre de l'ai-
greur dans ma critique. Je n'ai contre vous aucun sentiment hostile : je reconnais votre bravoure à toute épreuve, et si j'ai de grands doutes
sur vos talents politiques, comme homme d'État,
je désire que vous ayez plus de chance en Espagne que vous n'en avez eu au Mexique, et surtout plus d'habileté pour faire accepter aux
Espagnols le *despotisme du trône* que vous con-
sidériez jadis avec tant d'indignation.

Emmanuel Domenech.

Ce brave et modeste général, ayant une couronne sous la main, et n'étant pas de force à se
la mettre sur la tête, se donne aujourd'hui la
consolation de jouer à la royauté, de faire pré_

céder et suivre sa voiture d'une escorte de cava-
lerie, et de se donner l'air d'un petit potentat.
C'est drôle pour un ex-républicain ! Voilà longtemps qu'il vise à la souveraineté ; la chance lui
est enfin devenue favorable, et il a raison d'en
profiter, car il sait que ces chances sont rares
et ce rôle dangereux.

C'est égal, imposer à son pays un gouvernement nouveau, des institutions nouvelles et des
hommes qu'avant de leur donner le pouvoir, on
devrait, au nom de la morale, savonner un peu,
c'est une tâche difficile. Je lui préfère la besogne ingrate et stérile — pour moi — de défendre le régime qui nous gouverne et de remettre
en relief les bienfaits qu'il nous procure et les
travers qu'il peut corriger. Je fais mon devoir,
coûte que coûte, tant pis pour ceux qui ne font
pas le leur, et ne comprennent pas qu'il vaut
mieux avoir un ami qui nous sert, que vingt
amis qui nous encensent.

TABLE DES MATIÈRES

I.   Où l'on verra que l'on peut devenir journaliste
malgré soi, comme Sganarelle devint médecin
malgré lui...............................   1

II.   Vicissitudes d'un nouveau journaliste et du journal le mieux informé de tous les journaux...   13

III.   Il est démontré que « sans ficelle il n'est pas de
bonheur ici-bas. »......................   25

IV.   Comme quoi les martyrs de la presse reçoivent
plus d'écus que de coups de bâton..........   41

V.   Où l'on voit que les esprits forts font preuve de
force d'esprit en niant les miracles et croyant
à la fatalité du vendredi..................   55

17

VI.   Où l'on verra que tout le monde porte des sou-
       liers, mais que tous les souliers ne conviennent
       pas à tous les pieds...................... 67

VII.   Des rapports édifiants, intimes et productifs entre
       la grosse caisse et les ficelles de la presse.... 86

VIII. Des différentes manières d'être libéral et des dif-
       férentes raisons de tuer ses semblables....... 98

IX.   Comme quoi les mauvais pruneaux et les mau-
       vais articles ne produisent pas les mêmes
       effets. 110

X.   Où l'on se demande pourquoi le gouvernement
       n'aurait pas son Rocambole? Pourquoi ne l'a-
       t-il pas?.............................. 123

XI.   Où l'on verra que le gouvernement a moins de
       chance quand il parle que lorsqu'il ne dit rien. 131

XII.   Comme quoi le bonnet phrygien n'est qu'un
       éteignoir d'emprunt bon pour des chandelles
       de cabaret................................ 147

XIII. Où l'on verra que la postérité du *Masque de fer*
       et du chevalier d'Éon n'est pas perdue....... 161

XIV.   Comme quoi l'homme n'est pas parfait ni le
       fonctionnaire, et combien coûtent les convic-
       tions..................................... 179

XV.   La liberté étant une excellente chose, on fait bien
       de la garder pour soi et de la refuser aux
       autres................................... 197

XVI.   Sur les mille et un avantages qu'il y a d'être
        républicain quand on n'est pas démocrate.... 212

XVII.   Où l'on chante sur l'air des *Girondins* : Nourris
        par la patrie, c'est le sort le plus beau, le plus
        digne d'envie, etc........................ 230

XVIII. Comme quoi l'association du bonnet phrygien,
        du lis et du coq gaulois a dû bien réjouir
        Marat et Louis XVI..................... 245

Imprimerie L. TOINON et Cᵉ, à Saint-Germain